KB153002

대명공연예술센터 기획 대본쓰기 프로그램

대명동엔 작가가 산다

세 번째 이야기

대명공연예술센터 기획 대본쓰기 프로그램

대명동엔 작가가 산다

세 번째 이야기

류지윤 · 신지은 · 안상욱 · 이창화 · 조대흠 지음

멘토 김성희 · 안희철 · 전호성

평민사

이 대본집은 대명공연예술센터에서 기획한
대본쓰기 프로젝트, '대명동엔 작가가 산다' (이하 대작)를
통해 만들어진 아마추어 작가들의 작품이다.
대작은 누구나 참여할 수 있는 프로그램으로
세 분의 기성작가를 모시고 수업을 진행하였다.
극작가를 발굴하고 공연의 시작이자,
가장 기본이 되는 대본을 창작하여 대명공연거리의
공연활성화를 위해 기획되었다.

차례

그 집 아이를
보았소

류지윤
멘토 김성희

등장인물

예진   29살. 커리어가 중요해 아이를 가질 생각이 없다. 까칠한 성격이다.

도하   29살. 아이를 원하지만, 예진이 거부해 딩크족으로 살고 있다. 성격이 부드러운 편이다.

여자   42살. 예진과 도하의 아랫집에 사는 여자. 말이 많다.

석영   36살. 예진과 도하의 윗집에 사는 남자. 성격이 거칠다.

아이, 이웃, 경찰

시간

겨울. 오후 8시.

장소

예진과 도하의 신혼집

무대

SL은 침대가 있는 침실. 침대가 세로로 뉘어 있다. SR은 책상과 의자가 있는 서재. 책상 위에는 종이와 책이 쌓여 있고, 중앙에는 노트북이 펼쳐져 있다. 서재 왼쪽에는 하얀 커튼이 문을 대신한다. 무대 왼쪽 출입구는 현관이다.

1장

어두운 무대.

무대 오른쪽, 서재에만 은은한 조명이 켜져 있다.

예진, 의자에 앉아 책상에 팔을 괴고 이마를 짚고 있다.

다른 손으로는 핸드폰을 귀에 대고 전화를 받고 있다.

예진 (한숨을 쉬며) 미치겠다 진짜. 이혼 앞두고 이게 뭐냐고. 도하한테는 아직 이야기 안 했지. 아… 머리 아파. 일단 끊자. 생각 좀 하게.

예진, 핸드폰을 책상에 던지듯 놓는다.

책상에 양팔을 괴고 양손으로 머리카락을 휘젓는다.

크게 한숨을 쉰다.

예진 (노트북 위에 있던 임신 테스트기를 집어들며) 임신이라… 어이가 없어서.

예진, 임신 테스트기를 책상 한쪽에 내려놓는다.

의자를 당겨 책상에 바짝 앉고,
노트북을 두드리며 업무를 본다.

♬ 현관문 도어락 소리

무대 전체에 조명이 서서히 밝아진다.
무대 왼쪽에서 한 손에 가방을 든 도하가 들어온다.

도하   나 왔…

도하, 한숨을 쉬고 힘없는 걸음으로 들어온다.
무대 중앙 앞까지 와서 서재 쪽을 쳐다본다.
고개를 숙이고 한숨을 크게 내쉰 다음, 침실로 향한다.
침실에도 서재와 같은 은은한 조명이 켜진다.
바닥에 가방을 내려놓고, 겉옷을 벗어 내려놓은 다음 침대 위
로 푹 쓰러진다.

집 안 전체가 조용하다.
예진, 여전히 노트북으로 작업 중이다. 종이를 뒤적이기도
한다.
도하, 양팔을 깍지 껴서 베고 정자세로 누워 있다.

♬ 드르륵 소리 (반복)

예진, 고개를 들어 천장을 바라본다.
다시 고개를 숙이고 노트북을 본다.
도하, 천장을 보고 누워 있다.

♬ 쿵쿵 소리 (반복)

예진, 미간을 찌푸리고 이어폰을 꺼내어 귀에 꽂는다.
도하, 발끝을 까딱인다.

♬ 드르륵 소리 (반복)

도하, 일어나 앉아 천장을 본다.
침대에서 내려와 서재 앞으로 걸어간다.
커튼에 귀를 대 본 다음, 헛기침을 한다.
슬며시 커튼을 연다.

예진   (이어폰 한쪽을 빼며) 왜?
도하   너 있었구나.
예진   응.
도하   안 시끄럽나 해서.

예진 한두 번 이러는 것도 아니고. (조용히) 어차피 나갈 집인데 뭐.

도하 그래. 일 봐.

예진, 뺐던 이어폰을 다시 귀에 꽂는다.

도하, 서재에서 나와 침실로 간다.

침실에서 간식 바구니를 들고 무대 중앙으로 나온다.

간식 바구니를 옆에 내려놓고 관객석을 바라보고 앉는다.

관객석을 TV 삼아 리모컨을 앞으로 내밀어 누른다.

리모컨을 누를 때마다 뉴스가 바뀐다.

♫ 뉴스: 비혼 독신이나 아이를 낳지 않겠다는 20대가 절반을 넘었습니다. / 국가와 사회가 저출산에 대한 제도를 마련해야 한다는 지적이 나옵니다. / 묻지마 범죄가 반복되면서 시민들이 큰 불안에 떨고 있습니다.

예진, 이어폰을 양쪽 다 뺀다.

양팔을 위로 쭉 뻗으며 스트레칭한다.

거실에서 들리는 TV 소리에 서재 문 앞으로 걸어나온다.

커튼에 귀를 댄다.

도하, 과자 봉지를 뜯어 과자를 먹는다.

서재를 쳐다보더니 과자 봉지 하나를 커튼 앞에 둔다.

다시 무대 중앙으로 와서 앉는다.

예진, 심호흡하고 커튼을 슬그머니 열고 나온다.

바닥에 있는 과자 봉지를 보지 못하고 발로 밟는다.

과자 봉지가 빵- 하고 터져 둘 다 놀란다.

♫ 빵- 소리와 동시에 뉴스 소리 OFF.

예진   (바닥을 보고 소리 지르며) 아! 이걸 문 바로 앞에 두면 어떡해!

도하   너 나오면 먹으라고 둔 건데…

예진   (징징대는 소리로) 과자 가루 다 날렸잖아! 아까 청소 다 해놨는데!

도하   치울게.

예진   (발을 구르며) 먹을 거면 혼자 먹지 왜 여기 놔둬서.

도하   (소리 지르며) 치운다고! 내가 일부러 그랬냐? 너 먹으라고 놔둔 거지 밟고 어떻게 되라고 놔뒀어? 말하는 거하고는 진짜. 너도 똑바로 보고 나오지 그랬냐. 어? 니가 똑바로 보고 나왔으면 안 밟았을 거 아냐. 차라리 발로 차면 찼겠다. 밟긴 왜 밟냐? (쾅쾅 발소리를 내며 휴지 가지러 가면서) 빨리 나가든가 해야지.

예진, 도하 뒷모습을 가만히 쳐다본다.

도하, 다시 쾅쾅 발소리를 내며 휴지 가지고 들어온다.

예진 줘 봐. 내가 할게.

도하 치워! 내가 한다고. 할 일 있어서 나온 거 아냐? 가서 일 봐.

도하, 방바닥을 쓸며 과자 가루를 정리한다.

♬ 초인종 소리

예진, 무대 왼쪽으로 걸어간다.

예진 누구세요?

여자 문 열어봐요! 나 참 시끄러워서.

예진, 문을 연다.
여자, 무대 왼쪽에서 나온다.

여자 (소리 지르며) 밤 9시 다 돼 가요, 이 사람들아! 왜 이렇게 시끄러워? 혼자 살아요?

예진 (뒤로 한 발짝 물러나며) 아, 죄송합니다.

여자 한두 번 이러는 것도 아니고 말야. 내가 참다 참다 올라왔어요.

예진 오늘 일은 죄송해요. 근데 저희 시끄럽게 한 적 없어요.

여자 오늘 시끄럽게 한 사람들이 어제는 안 했겠어요? 변명 하지 마요! 아무튼 좀 조용히 좀 하고 삽시다.

예진 네…

여자, 구시렁거리며 퇴장한다.
예진, 여자가 나가는 걸 보고 무대 중앙으로 온다.
도하, 방바닥 청소를 마무리하고 일어난다.

예진 야. 너는 혼자 사냐?

도하 뭐가 또.

예진 아니, 내가 이러고 있으면 너도 나와서 거들어야 할 거 아냐.

도하 뭘 거들어. 잘난 니가 다 알아서 하는데.

예진 나만 잘못했어? 나 혼자 시끄럽게 했어? 발도 니가 쿵 쿵거렸잖아.

도하 유치하게 이러지 좀 말자. 너 좀 예민하게 굴지 말랬지.

♬ 쿵쿵 소리 (반복)

예진과 도하, 동시에 천장을 올려다본다.

동시에 어깨를 늘어뜨리며 한숨을 쉰다.
동시에 고개를 내려 서로 마주 본다.

예진, 도하 (동시에) 니가 가.

예진과 도하, 등 돌리고 한 바퀴 돈다.
다시 마주 본다.

예진　　가위
도하　　바위
예진　　(가위를 내며) 보!
도하　　(보를 내며) 보!

예진, 앗싸! 하며 주먹을 불끈 쥔다.
도하, 귀찮은 표정을 짓는다.

예진　　갔다 와.

도하, 예진을 흘겨보고는 무대 왼쪽으로 나간다.
도하 나가자마자 어렴풋이 아기 울음소리가 들린다.
예진, 한숨을 쉰다.

예진   아. 아기.

예진, 서재로 들어간다.

의자에 앉아 몸을 뒤로 젖히고 눈을 감는다.

암전.

2장

서재의 문을 대신하던 커튼이 무대 중앙 뒤로 이동해 막이
된다.
막이 있는 쪽에만 푸른 조명이 은은하게 켜진다.
하얀 막 뒤로 서재를 바라보고 서 있는 아이 실루엣.

♬ 초인종 소리 (반복)

예진, 눈을 뜬다.

♬ 작게 문을 똑똑 두드리는 소리

아이 실루엣, 손으로 문을 두드린다.

아이 안녕하세요.
예진 누구니?
아이 여기 제집이라서 왔어요.
예진 잘못 찾아온 것 같은데 여긴 내 집이야.

아이   네. 여기 맞아요.

예진   잘못 찾아왔다니까. 너 엄마 어디 계… 너 윗집 사는
        아이구나! 여기서 한 층 더 올라가야 해.

아이, 고개를 절레절레 저으며 예진에게 양팔을 벌린다.

아이   싫어요. 안아주세요. (사이) 엄마. (엄마 소리만 크게 울린다)

예진   으악!!!

암전.

무대 전체에 다시 불이 켜진다.

예진, 서재에서 나와 무대 왼쪽으로 간다.

도하, 무대 왼쪽에서 들어온다.

도하   어, 윗집에서…

예진   (초점 없는 표정으로 손을 저으며) 나중에 나중에.

도하   어디 가?

예진   잠깐. 좀 비켜줘 봐.

도하   이 밤에 어디?

예진   잠깐 바람 쐬러.

예진, 나간다.

도하, 예진을 뒤돌아본다.

침실로 가 침대 위에 눕는다.

서서히 암전.

♬ 아이 목소리, 웃음소리.

무대 전체에 푸른 조명이 은은하게 켜진다.

하얀 막 뒤에서 장난감을 가지고 놀고 있는 아이.

도하, 소리에 뒤척인다.

가위에 눌린 듯 괴로워한다.

아이, 침실 쪽을 바라보고 선다.

도하, 몸을 아이 쪽으로 돌린다.

도하   으악!!! (이불 위로 얼굴만 내밀고) 누… 누구니?

아이   (방방 뛰고 몸을 흔들며) 헤헤헤 저랑 같이 놀아요! (속삭이 듯이) 그럼 선물 드릴게요!

아이, 도하를 향해 손을 내민다.

도하, 눈 비비고 머리를 쓸어 넘긴다.

아이 실루엣, 서재 쪽을 바라본다.

아이, 입을 모아 입김을 분다.

책상 위 쌓인 종이 몇 장이 날아간다.

아이   헤헤헤.

서서히 암전.
하얀 막, 다시 서재 왼쪽으로 이동한다.
도하, 다시 눕는다.

♬ 아이의 웃음소리.

침실 조명이 은은하게 밝아진다.

도하   (침대에서 몸을 일으키며) 허억.

도하, 숨을 거칠게 몰아쉬며 머리를 쓸어 넘긴다.
주위를 둘러보며 침을 한 번 삼킨다.
무대 전체에 다시 불이 켜진다.
침대에서 내려와 서재로 간다.
초점 없는 눈으로 서 있다가, 커튼을 연다.
책상 앞으로 가 종이 더미를 본다.
종이 더미가 흐트러지지 않게 조심스럽게 책상을 뒤진다.
종이 더미 사이에서 임신 테스트기를 꺼낸다.
임신 테스트기를 눈앞에 가져와 미간을 찌푸리고 자세히 본다.

도하   두 줄? 두 줄이면… 하.

도하, 황당한 표정으로 놀란 눈으로 입을 벌린다.

임신 테스트기를 든 채로 팔을 늘어뜨리고 그 자리에 서 있다.

3장

♬ 현관문 도어락 소리

예진, 서재로 다급하게 들어온다.
서재 안에 서 있는 도하를 보고 멈춰 선다.

예진   여기서 뭐 해?

도하, 예진과 눈을 맞추고 선다.
도하, 고개를 숙여 손에 쥔 임신 테스트기를 본다.
예진 앞으로 살짝 내민다.

도하   이거 뭐야? 네 거 맞아?

예진, 도하의 손을 보고 미간을 찌푸리며 다가간다.
임신 테스트기를 뺏으려 손을 세차게 뻗는다.
도하, 한걸음 뒤로 물러나며 손을 뒤로 뺀다.

예진　남의 물건은 왜 뒤져?

도하　우리 아직 그 정도로 남은 아니지 않나? 언제부터야?

예진　이리 줘.

도하　진짜 네 거야?

예진　(머리를 헝클어트리고 크게 한숨을 내쉬며) 달라고.

도하　왜 말 안 했어?

예진, 눈을 감는다.

도하　(갑자기 크게 소리 지르며) 왜 말 안 했냐고… (예진의 배를 한 번 보고 소리를 살짝 낮추며) 묻잖아 지금!

예진　곧 정리할 거잖아 우리. 근데? 임신했다고 말하면? 달라져?

도하　예진아. 이건 그런 문제가 아니…

예진　(도하의 말을 끊으며) 아기 때문에 우리 관계 바뀌는 거, 난 그게 더 아니라고 봐.

도하　그럼 너 뭐 어떻게 하려고 했는데?

예진　나도 생각 중이었어. (신경질 내며) 내가 알아서 할게 그냥!

도하　이게 니가 알아서 할 문제야?

♬ 문 쾅쾅 두드리는 소리

예진과 도하, 함께 무대 왼쪽으로 걸어간다.

석영 어이! 문 좀 열어봐요!

도하, 문을 연다.
석영, 들어온다.

석영 (도하를 위아래로 훑으며) 하~ 나 이거 봐라. 아까 올라온 사람이잖아? 어이! 우리보고 시끄럽다며~ 지금 밤 11시야! (도하 어깨너머로 집안 둘러보며) 우퍼 틀었어? 왜 이렇게 쿵쿵거려!

도하 저희 안 쿵쿵거렸어요. 대화만 했는데 무슨. 이 아파트가 방음 안 되는 것도 아니고.

석영 당신들 집에서 나는 소리 때문에 시끄러워서 잠을 못자 나도! 질린다 질려. 소름 끼치는 소리인 거 알아?

도하 저희 소음 낸 적 없다고요.

예진, 지친 표정으로 벽에 힘없이 등을 기댄다.

석영 애새끼 소리 나는 것 같더만.

도하 저기요. 애 없습니다. 그리고 애새끼라뇨? 그쪽도 집에 애 있으면서 말을 왜 그렇게 하세요!

석영 우리집 애새끼 당신이 신경 쓸 거 없고. 다른 집에 소리 안 들리게 하세요. 씨…

도하 (석영을 밀치며) 나가세요! 나가!

도하, 석영을 보내고 다시 들어온다.

예진 이 거지 같은 아파트! 방음이 얼마나 안 되는 거야? 당장 나가든지 해야지!

예진, 서재로 들어간다.
캐리어를 꺼내 짐을 챙긴다.
도하, 예진을 따라 들어온다.

도하 (예진의 등 뒤에 대고) 뭐 해? 우리 이야기 덜 끝났어!

도하, 예진의 어깨를 잡아당긴다.

예진 아, 이거 좀 놔!

예진, 캐리어의 지퍼를 닫는다.
도하를 밀치고 일어나 현관 복도가 있는 무대 왼쪽 뒤로 간다.

도하   예진아!

도하, 예진을 따라나간다.

두 사람 싸우는 소리 들려온다.

도하   왜 이래 진짜.

예진   지긋지긋해. 너랑 이렇게 싸우는 것도 싫고, 이따위 아파트에서 구질구질하게 치이며 사는 것도 싫어.

도하   짐 이리 내. 집에 들어가서 이야기하자.

예진   나갈 거야! 그만 좀 해! 아, 이거 놓으라니까?

도하   위험해! 내려놔!

예진   니가 놔! 지퍼 터졌어!

도하   사람들 다 들어! 본다고! 들어가서 이야기하자니까!

예진   아악!

도하   어어! 예진아!

♫ 아이 울음소리가 어지럽게 뒤섞인다.

둔탁한 퍽- 소리가 들린다.

아이 울음소리가 멈춘다.

조명 어지럽게 깜빡인다.

예진   아아악!!!

조명 깜빡임이 멈추고, 무대 전체에 불이 켜진다.

무대 왼쪽에서 예진 들어온다.

예진, 서재 앞에서 배를 움켜쥐고 가쁜 숨을 몰아쉰다.

힘없이 주저앉아 웅크리고, 온몸을 벌벌 떤다.

예진   아냐, 아냐.

도하, 뒤따라 들어온다.

도하   (거친 숨소리로) 괜찮아?

예진   (도하를 올려다보며) 뭐야…?

도하   (예진을 안고 등을 토닥여주며) 일단 진정해.

예진   뭐냐고 아까…

도하, 말을 꺼내지 못하고 가만히 있는다.

예진   뭐냐니까!

도하   내가 다시 나가볼게.

도하, 다시 무대 왼쪽으로 나간다.

♫ 가까워지는 사이렌 소리

예진, 다리 사이로 머리를 파묻고 울고 있다.

암전.

4장

무대 앞 한가운데로 조명이 켜진다.

♫ 둔탁한 퍽- 소리 동시에.

무대 앞 왼쪽에는 펼쳐진 캐리어 위에 옷가지가 널브러져 있고, 그 위로 아이 마네킹이 몸이 꺾인 채 누워 있다.
아이 마네킹, 뜬 눈으로 얼굴이 관객석을 향해 있다.
서재 앞에 웅크리고 있는 예진에게도 희미한 조명이 켜진다.
예진, 멍한 눈으로 캐리어와 마네킹을 바라본다.

예진   아아악!!!

예진, 다리 사이로 머리를 파묻는다.
암전.
예진 퇴장.
무대 전체에 조명이 켜진다.
여자, 이웃 두리번거리며 무대 오른쪽에서 걸어 나온다.

여자, 캐리어를 발견하고 가까이 와서 본다.

여자 (목을 앞으로 빼고 캐리어를 보다가) 마네킹인가… 꺄악! 어머나! 아니, 세상에 이게 무슨 일이야!

도하, 무대 왼쪽에서 중앙으로 뛰어나온다.

도하 (캐리어를 보고 놀라며) 헉.

이웃 혹시… 애 아빠세요?

도하 네? 아, 아뇨. 저는 캐리어…

여자 (도하의 말을 끊으며) 어머, 이 사람 우리 윗집 사는 사람이네. 아까 부부싸움 하던 거 그 집 맞죠?

도하 아, 그게…

이웃 아기도 설마…

도하 아, 저 아니에요. 저희 애 없어요.

여자 아냐, 아냐. 내가 아까도 9시 되기 조금 전에 너무 시끄러워서 올라갔다 왔어요. 쿵쿵거리는 소리가 어찌나 심했는데, 다 큰 어른들이 그런다고?

도하 무슨 소리세요, (손사래 치며) 저희 진짜 애 없어요.

도하, 동네 사람들의 눈치를 보고 캐리어를 바라본다.
도하에게만 조명이 떨어진다.

여자와 이웃의 행동은 허공에서 멈춘다.

도하 (독백) 꿈에서 본 그 아이… 똑같이 생겼어.

다시 조명이 무대 전체에 켜진다.

이웃 그, 119! 119! 신고! 신고해야죠!

여자 어? (아이 마네킹을 들여다보며) 얘… 우리 애랑 유치원 같은 반인 거 같은데… 등원 안 한 지 좀 됐거든요. 얘 부모님은 어디 계시지?

여자와 이웃, 두리번거린다.
도하, 머리를 쓸어 넘기며 착잡해한다.

이웃 그러게요. 일단 신고부터 하죠.

이웃, 주머니에서 핸드폰을 꺼내 든다.
여자, 이웃의 손을 잡는다.

여자 잠깐만!

이웃 뭐야, 왜 이래요? 이거 놔요!

여자 아, 아니… 이게… 쪼끔… 동네에 소문나면… 집값도 좀 그렇고… 애 부모 오면 그 때…

이웃 아니, 이보세요. 지금 집값이 중요해요? 어린 애가 심하게 다쳤잖아요! 당신 자식이라도 그렇게 말할 거예요? 이거 놔봐요!

이웃, 여자의 팔을 뿌리친다.

이웃 (전화하며) 네, 여기 아이가 떨어졌는데요. 피를 많이 흘려요. 죽은 것 같기도 하고요… 빨리 와주세요.

여자, 이웃 통화하는 동안 손톱을 물어뜯는다…

여자 죽었나? 무서워… 이게 진짜 무슨 일이래. 설마… 캐리어에 넣어서 집어 던져…?

도하 아뇨, 저기. 캐리어는 제 거라고요.

이웃, 핸드폰을 주머니에 넣는다.
석영, 무대 왼쪽에서 뛰어나온다.

석영 아이고! 정민아! 아이고!

석영, 마네킹을 끌어안는다.

석영 정민아! 정민아 눈 떠 봐. 아빠야.

여자 맞네! 그래, 이름이 정민이었어. 요새 무슨 일 있었어요? 유치원에도 안 오고…

석영 (눈물을 그치고 여자를 올려다보며) 아무 일 없었습니다.

♬ 희미한 사이렌 소리가 점점 커진다.

무대 오른쪽에서 경찰 등장한다.

경찰 다 물러서세요.

석영 아이고 정민아!

사람들, 웅성거린다.

경찰, 노란 폴리스 라인을 두른다.

아이 목에 손을 대본 뒤 석영의 어깨를 두드린다.

석영 아이고! 안 돼요! 안 된다! 정민아!

경찰, 석영을 일으켜 세운다.

석영, 일어선 자리에서 계속 운다.

경찰, 흰 천을 꺼내 덮는다.

경찰	(전화하며) 감식반 불러줘. 아이 부모님이세요? 목격자는요?
석영	네. 제가 아빠입니다.
이웃	엄청 크게 픽- 하는 소리가 나서 나와 보니까 이렇게 돼 있었어요.
여자	부부싸움 하는 소리가 났어요.
도하	그거랑 상관이 없다니까요.
경찰	자, 다들 차분히 말씀해주세요. 일단 아버님부터. 어떻게 된 거죠?
석영	(잠시 정적) 화장실 청소하고 나왔는데 집에 애가 없더라고요. 문이 열려 있어서 보니까…
경찰	캐리어는 뭐죠?
도하	캐리어는 제 거예요. (여자를 쳐다보고) 부부싸움을 한 건 사실입니다. 아내가 집을 나가겠다고 해서 그걸 말리다가 캐리어가 바깥으로 떨어졌어요. 그리고 그 위로 아이가 떨어졌고요.
경찰	(도하의 말을 수첩에 받아 적으며) 알겠습니다.
도하	저기… 아까 쿵쿵거리는 소리 때문에 윗집을 찾아갔었는데요. (석영을 가리키며) 이분 집 화장실에서 아이 울음소리가 들렸어요.
석영	무슨 말이에요! 잘 알지도 못하면서!
도하	제가 집 안을 보려고 했을 때도 문을 잘 안 열어주시

더라고요.

석영 남의 집 봐서 뭐 하게!

도하 뭔가 숨기는 것처럼…

석영 내가 숨길 게 뭐가 있어요!

여자 저기… 우리 집 애랑 요 집 애랑 유치원 같은 반인데 몇 주째 유치원 안 나왔거든요. 아프다 그랬나?

석영 내 애 유치원 내 맘대로 보내겠다는데, 지금 상황에서 왜 쓸데없이 그런 말을 꺼냅니까?

경찰 (수첩에 받아 적으며) 흠…

석영 (손을 저으면서) 저 아닙니다! 생각하시는 그런 거 아니에요. 아까 보셨잖아요. 우리 아이 보고 울었잖아요.

이웃 그 말이 더 수상해요!

석영, 이웃을 째려본다.

경찰 집 좀 둘러봐야겠습니다.

석영 (안절부절못하며) 언제요?

경찰 지금이요.

여자 온 김에 (도하를 가리키며) 저 남자 집도 봐줘요.

도하 네? 우리 집을 왜요?

여자 쿵쿵거리는 소리가 너무 심해요. 애가 뛰는 건지 뭔지 알 수가 없어요.

경찰　다음에. 지금은 다른 사건이니까요. (석영을 보며) 앞장 서시죠. 댁으로.

석영, 무대 왼쪽으로 나간다.
경찰, 따라나간다.

도하　(여자를 보며) 왜 자꾸 우리 집을 탓하세요?

여자　와서 한번 살아봐요. 얼마나 시끄러운지.

도하　도대체 무슨 소리가 들린다고 그러세요? 쿵쿵 소리 저 희도 듣고 살아요.

여자　그쪽 윗집 소리가 우리 집까지 들린다고?

이웃　아파트 살다 보면 다른 집 소리인데도 가까이서 들리 고 그런대요. 이 집 아닐 수도 있잖아.

여자　(팔짱 끼며) 진짜 시도 때도 없어요. 안 겪어보면 몰라!

이웃　우리도 저기 가볼까요?

도하　수사하는데 우리가 가서 뭐 해요.

이웃　궁금하지 않아요?

여자　수상해. 저 집에서 아동학대 같은 거 한 거 아닌가 싶 고. 우리도 따라가 봐요.

여자와 이웃, 무대 왼쪽으로 나간다.
도하, 한숨을 쉬며 고개를 젓는다.

캐리어 쪽을 한번 바라보고 무대 왼쪽으로 나간다.

암전.

5장

무대에 조명이 켜진다.

예진, 서재 앞에 웅크리고 앉아 있다.

♬ 현관문 도어락 소리

예진, 화들짝 놀라며 고개를 든다.

도하, 무대 왼쪽에서 들어온다.

예진　어떻게 됐어?

도하　경찰 와서 조사 중이야.

예진　아이는?

도하　… 죽었어. 윗집 아이래.

예진　(놀라며) 뭐? 윗집? 아까 그 아저씨?

도하　응.

예진　무슨 일이래…

도하　(예진을 보고 서며) 예진아, 우리.

예진　나 아직 생각 정리 덜 됐어.

도하　(잠시 정적) 그래. 우리 둘 다 좀 더 생각해보고 이야기 하자.

♫ 초인종 소리

도하　누구세요?

경찰　경찰입니다.

도하　(무대 왼쪽으로 가) 무슨 일이세요?

경찰　(집으로 들어오며) 아까 윗집에서 쿵쿵 소리 들으셨다고 했죠?

여자와 이웃, 문 열린 틈 사이로 고개를 빼고 이리저리 둘러 본다.

도하　네.

경찰　지금도 소리가 들리던가요?

도하　아, 아뇨. 좀 전에 올라와서 잘 모르겠는데… 일단 올 라와서 들은 적은 없습니다. (예진을 보며) 집에 있는 동 안 소리 들은 거 있어?

예진　아니. 소리 안 났어.

경찰　잠깐 진술 좀 부탁드리겠습니다. 이전에 아이 얼굴 보 신 적 있습니까?

예진	네.
도하	아뇨, 못 봤습니다. (예진을 보며) 언제?
예진	엘리베이터에서 본 적도 있고… 전에 우리 집에 놀러 온 적도 있었고.
도하	뭐라고?
예진	전에 놀러 와서… (경찰을 보며) 아! 집에 가기 싫다고 그랬어요. 그래서 제가 조금 놀아주다가 이제 엄마, 아빠 기다리신다고 얼른 올라가라고 그랬어요. 싫다고, 싫다고, 이모가 엄마 해주세요 그러길래 달래서 아이스크림 쥐여주고 보냈는데.
경찰	아이 엄마는 없더라고요. 아빠가 혼자 키우고 있던 모양이에요.
예진	아… 그건 몰랐어요.
경찰	그때 아이랑 다른 이야기하신 건 없으세요?
예진	(생각해보더니) 네. 별다른 이야기는… 애가 또래들보다는 말수가 많이 적었어요.
경찰	수상한 점 같은 건 없었고요? 몸에 상처가 있다든가 멍이 있다든가…

동네 사람들, 무대 왼쪽에서 왈칵 쏟아지듯 들어온다.

이웃	아동학대 맞아요?

여자	체포해야 하는 거 아니에요?
경찰	조용히 해주세요 모두.

♬ 쿵쿵 소리

예진과 도하, 위를 올려다본다.

경찰과 동네 사람들, 두리번거린다.

경찰	이 소리인가요?
예진	네! 맞아요. 저희도 너무 시달렸어요.
경찰	집 안에서 나는 소리 같은데요?
도하	이 소리가요?
여자	이 소리예요, 이 소리!
이웃	소리가 이렇게 컸어요? 아랫집 시달릴 만하네!
여자	집 안에서 나는 소리 맞는데 뭘!
도하	아, 그… (한숨 쉬며) 저기, 아내가 임신 중이라서요. 조금 조심해주시면…
예진	소리가 집 안 어디서 난다는 거예요?

경찰, 침실과 서재를 살펴본다.

경찰, 집 구석구석을 더 둘러본다.

여자와 이웃도 두리번거린다.

도하, 허리에 한 손을 올리고 다른 손으로 머리를 쓸어넘긴다.
예진, 이마에 손을 짚고 고개를 푹 숙인다.

경찰 또 소리가 안 나네요. (시계를 보고) 일단 시간이 늦었으니 내일 다시 오겠습니다. 내일도 협조 부탁드립니다. 다들 돌아가세요.

동네 사람들과 경찰, 무대 왼쪽으로 나간다.
도하, 무대 중앙으로 들어온다.
예진, 어깨가 축 늘어진 채로 무대 중앙에 힘없이 서 있다.
도하, 침실 뒤에서 이불을 하나 꺼내 무대 중앙으로 나온다.

도하 오늘 침대에서 자.
예진 (도하의 눈치를 살피며) 됐어. 자던 대로 서재에서 자면 돼. 애가 오늘 뚝딱 생긴 것도 아니고 임신한 거 알고도 며칠 잘 잤어.
도하 (한숨 쉬며) 침대에서 자.

무대 전체 조명이 은은하게 바뀐다.
예진, 침실로 걸어가 침대에 눕는다.

예진 (거실까지 들리게 큰 소리로) 고마워.

도하   응.

정적.

예진   (또 큰 소리로) 들어와서 잘래?
도하   됐어. 자자 얼른. 잘 자.
예진   응.

조명 서서히 꺼진다.

6장

도하, 침대에서 기지개를 켜며 일어난다.

도하　(시계를 보며) 뭐야, 12시야?

자리에서 일어나 침실로 가 예진을 본다.
다시 무대 중앙으로 나온다.
관객석을 TV 삼아 리모컨을 앞으로 내밀어 누른다.

♬ 뉴스 : 한 아파트에서 어린아이가 숨진 채 발견됐습니다.
아이가 떨어진 것으로 추정되는 가운데, 경찰이 아이의 가족
을 상대로 수사에 들어갔습니다. 아이 아래에는 여행용 가방
이 깔려 있었고, 이 가방의 주인을 찾았지만 아이와는 무관한
것으로 보고 있습니다.

도하, 리모컨을 눌러 TV를 끈다.
현관문 밖에서 소란스러운 소리가 들린다.
예진, 눈을 비비며 침실 문을 열고 나온다.

예진	(잠에서 덜 깬 목소리로 칭얼대며) 왜 이렇게 시끄러워…
도하	경찰 온 거 같은데?

도하와 예진, 무대 왼쪽으로 나간다.
같은 곳에서 석영이 들어온다.

석영	(몸으로 경찰을 막으며) 어딜 들어와요!

경찰, 석영을 밀치며 들어온다.

경찰	안석영 씨, 당신을 아동학대치사 혐의로 체포합니다. (석영에게 수갑을 채우며) 묵비권을 행사할 수 있고, 변호인을 선임할 권리가 있으며, 모든 발언은 법정에서 불리하게 작용할 수 있습니다.
석영	뭔 소리! 내가 뭘 어쨌다고!
경찰	목격자 나타났습니다. 건너편 동에서 부부싸움 소리 때문에 나왔다가, 그 윗집에 있는 당신이 아이를 던진 걸 봤다고 하던데요.
석영	아빠가 애를 어떻게 던집니까!
경찰	출생 신고도 안 하셨던데, 아이 엄마는 어딨습니까?
석영	몰라요!
경찰	부검 결과 나왔어요. 애 몸에 멍이랑 상처도 너무 많

았고, 이미 죽은 아이를 던진 거라고요. 아이를 죽이고 사고사로 위장하려고 했죠?

석영 아니라니까!

경찰 경찰서로 가서 얘기하시죠.

♬ 뉴스 : 얼마 전 아파트에서 아이가 숨진 채 발견됐다는 소식 전해드렸는데요. 알고 보니 이미 숨진 아이를 바깥으로 던져 사고사로 위장하려 했다는 사실이 밝혀졌습니다. 범인은 바로 아이의 친부였습니다.

동네 사람들, 무대 양옆에서 나온다.
무대 중앙 앞에 아이의 추모 공간을 만든다.
아이의 사진과 포스트잇 편지, 꽃, 촛불 등이 놓인다.
예진과 도하, 추모 공간의 살짝 뒤에 앉아 관객석을 바라본다.

♬ 쿵쿵 소리

도하와 예진, 두리번거린다.

예진 아직도 이 소리가 나네. 진짜 어디서 나는 소리지? 윗집에서 나는 소리가 아닌가.

도하 그러게.

정적.

도하 (고개를 갸우뚱하다가 예진을 바라보며) 우리한테서 나는 소리 같은데?

예진 (두리번거리다가 행동을 멈추고 가만히 서서) 그런 것… 같기도 하고? 이상한데…

도하, 예진을 보다가 예진의 배에 귀를 댄다.

예진 (도하를 밀치며) 아, 뭐하는 거야!

도하 (예진을 끌어당기며) 잠깐만! 조용히 해봐봐.

도하, 여전히 예진의 배에 귀를 대고 있다.
예진, 도하를 보다가 고개를 절레절레 젓는다.

♬ 쿵쿵 소리, 점점 커지며 심장박동 소리로 바뀐다.

도하 이 소리야!

예진 (살짝 물러나며) 어…?

도하 예진아.

예진, 말없이 바닥을 본다.

도하 (말끝을 늘이며) 예진아.

예진 나 아직은 좀 더 생각할 시간이 필요할 것 같아.

도하 아 그렇지! 물론. (말을 더듬으며) 뭐… 너 억지로 이렇게… (허공에서 손짓하며) 하자고 그럴 생각은 아냐, 나도.

예진 으응…

도하 너한테도, 나한테도 다시 새로 생각할 시간이 필요할 것 같더라고. 아기는 우리가 지금 상황에서 생각 못 했던 거니까.

예진 응. (한참 고민하다가) 나 근데 어제 쪽잠 잤을 때, 꿈에 윗집 애가 나왔어. 날 엄마라고 부르더라. 이렇게 되고 보니까 혹시 그 애가 살려달라고 신호를 보낸 건가 그런 생각이 들어.

도하 (놀라서 예진을 보며) 너도 그 꿈꿨어?

예진 너도 꿈꿨어?

도하 응. 윗집 애인지는 몰랐지. 얼굴 본 적 없으니까. 어쩌면 정말 우리한테 신호를 보낸 건지도 모르겠다. 임신테스트기도 꿈 때문에 알게 됐거든.

예진 헛소리한다.

도하 진짜야! 내가 너 방에 뜬금없이 왜 들어가냐?

예진과 도하, 바람 새는 소리로 웃는다.

예진	나 걱정돼. 애 낳고도 계속 일할 수 있을까 싶기도 하고, 일에 집중하다 보면 애한테 소홀해질 수도 있을 텐데, 애는 무슨 잘못인가 싶고.
도하	일이야, 너 능력 좋으니까 계속 할 수 있을 거 같은데?
예진	흐음…
도하	뭐, 안 되면 다른 거 찾으면 되지! 그렇게 해도 넌 잘 찾아서 할 거 같은데?
예진	비행기 태워?
도하	아니? 뭐하러. 사실인데.
예진	아님 놀려?
도하	으휴! 그런 성격도 좀 내려놔. 장난은 장난으로 받아. 꼭 자기 장난칠 때는 안 그러면서 이런다.

예진, 도하를 한번 째려보고 다시 바닥을 본다.

도하	좀 더 생각해봐. 너 하고 싶은 거 계속 해도 돼.
예진	알겠어. 근데… 아이는 내가 함부로 지우고 말고 할 게 아닌 것 같아. 나도 그런 부분 때문에 계속 고민했던 거고.

도하, 예진의 반대 방향으로 몸을 살짝 틀어 두 주먹을 불끈 쥔다. 나지막이, 예-씨!

도하 (다시 예진을 보며) 예진아, 그러면 우리 좋은 엄마, 아빠 될 수 있도록 공부해보자. 어떻게 처음부터 다 잘하겠어?

예진 나는 아이 안 없애겠다고 했지, 너랑 다시 잘 지내겠다고는 안 했는데?

도하 아⋯ (고개를 끄덕이며) 그렇지. 맞네. 좀 전에 생각해본다고 했지.

예진 (웃으면서) 쫄기는! 좋은 엄마, 아빠 되기 전에 우리 둘부터 좋은 부부 되어야 하는 게 먼저 아냐?

도하 그것도 맞는 말이지.

예진 서로 이렇게 니, 니 하는데 되겠어?

도하 알겠어, 알겠어. 말 예쁘게 할게, 이제.

도하, 예진을 끌어안는다.

♬ 잔잔한 음악 소리 점점 커진다.

조명이 두 사람을 비추다 작아지며 추모 공간만을 비춘다.
끝.

도화(桃花)

신지은
멘토 김성희

등장인물

건하	20대 후반. 경시생. 밝지만 외로운.
민규	20대 후반. 건하의 학교 선배.
유림	10대 후반. 도서관 알바생.
영우	20대 초반. 사진사.
중현	40대 후반. 우체부.
수영	20대 후반.
현석	50대 초반. 건하의 아버지.
순호	20대 초반. 영우의 가장 친한 친구.
한 교수	

시간

가을

장소

사무실, 도서관, 병원, 바닷가

프롤로그

고요한 파도 소리가 들린다.

도서관.

무대 오른 편의 책장에는 책들이 잘 정리되어 있다. 무대 중앙에는 낡은 책상이 하나 있고, 그 뒤에 다섯 개의 의자가 정면을 향해 한 줄로 놓여있다. 왼쪽부터 유림, 영우, 중현, 수영이 앉아있다. 가장 오른쪽의 마지막 의자는 비어있다.

유림, 자리에서 일어난다.

유림   (정면을 보고) 오늘 독서모임에 참석해주셔서 감사합니다. 저는 모임장 찔레꽃입니다. 오늘의 주제는 (사이) '나의 인생'입니다. 여러분의 생을 들려주세요.

서서히 암전.

음악 : [명탐정 코난 테마곡]

1장

사무실.

무대 뒤편 책장 옆으로 의자를 쌓아 올려둔다. 무대 중앙에 책상, 그 뒤로 바퀴 달린 의자가 놓여있다. 책상 위에는 '탐정 명현석'이라고 적힌 낡은 명패와 오래된 전화기가 올려져있다. 암전 상태에서 무대 중앙 책상을 향해 핀 조명.

건하 등장. 검은 양복에 상주 완장을 차고 있다.

가만히 책상을 바라보다 한숨을 쉬는 건하. 의자에 털썩 앉아 기대어 눈을 감는다. 의자를 살짝 밀어 빙그르르 돈다.

민규, 상자를 들고 등장. 마찬가지로 검은 양복을 입고 있다. 책상 위에 잠시 상자를 두고.

민규 이제 거의 정리 다 했다. 너도 집에 가서 쉬어.

건하 (눈을 떠 민규를 보고 의자를 살짝 당기며) 네. 형 진짜 감사해요.

민규   (건하를 가만히 바라보다 어깨에 손을 올린다) 괜찮지?

건하   그럼요.

민규   그래도. 유일한 가족이었잖아.

건하   (고개를 젓는다)

건하, 쓸쓸한 미소를 머금고 담담하게 말한다.

건하   기억도 나지 않아요. 좋았던 기억이 없어요. 기억이라
            곤… 아버지는 저한테 말 한번 걸어주신 적 없었고, 이
            젠 (사이) 아버지 목소리도 기억이 안 나요.

민규   아버지도, 힘드셨을 거야. 이해해 드려야지.

건하   이해요? 저한텐 말 한 마디 하지 않으시는 분이 갑자
            기 이 (주위를 둘러보며) 구닥다리 흥신소를 만든 게 이해
            돼요? (명패를 가리키며) 탐정이? 전 정말 싫었어요. 싫어
            요. (사이) 그냥. (사이) 그렇다구요.

민규와 건하, 잠시 말이 없다. 건하 시선은 아래 책상을 향해
있다. 민규는 그런 건하의 어깨에 손을 스윽 올려 토닥인다.

건하   형, (사이) 저 경찰시험 필기만 네 번 떨어졌잖아요. 시
            험 때문에 휴학하느라 졸업도 못하고… (사이) 학자금,
            생활금 대출은 늘고, 알바 시간도 늘어나고… 공부

시간은 줄어들고… (사이) 저 중학교도 졸업하기 전에 집 나와서 혼자, 혼자 정말 정신없이 살면서 아버지 같은 거 잊고 살았어요. (사이) 12년이에요. 연락 안 하고 산 게.

아무 말 없이 건하를 가만히 바라보며 이야기를 들어주는 민규.

건하 이렇게 먼저 연락이 올 줄은 몰랐네요. (민규를 보고 완장을 가리키며) 이렇게. (사이) 그냥, 괜찮다구요, 저.

민규 건하야, (조심스럽게) 당분간 형 집에서 같이 살까?

건하 (고개를 저으며 살짝 웃으며) 진짜 괜찮아요.

민규 (따라 미소를 지으며) 그래. 힘든 거 숨기지 마. 그럼 형 섭섭해.

건하 알았어요, 알았어.

민규 (건하의 어깨를 툭 치고) 가자 이제.

상자를 들고 나가는 민규.
건하, 손을 뻗어 '탐정 명현석'이라고 적힌 명패를 이리저리 쓰다듬듯 만진다.
건하가 의자를 뒤로 빼고 일어나 책상 아래에 있던 상자를 위로 올려 조심스럽게 명패를 상자에 넣자, 전화가 울린다. 잠시

고민하는 듯 고개를 갸웃하다 수화기를 들고 귀에 대는 건하.
이때, 목소리는 수영 역할의 배우가 연기한다.

목소리   명현석 탐정님?

건하   아, 저기…

목소리   탐정님, 도난사건 하나 의뢰해도 되나요?

건하   죄송한데… (뽑혀있는 선을 보며 놀란 표정) … 어?

목소리   여기 주소 다시 보내드릴게요. 한번 들러주세요.

건하   (뽑힌 선을 천천히 들어보이며) 아니 저기, 여보세요? (양손에 든 전화선과 수화기를 번갈아 보며 놀란 듯) 여보세… 뭐야…?

문자 도착음.
화들짝 놀라며 수화기와 선을 내려놓고 주머니에 있던 휴대폰을 꺼내 확인하는 건하.

신비로운 분위기의 음악 소리가 작게 들려온다.

건하   (중얼거리며) 발신번호표시제한… 도화리 1번지… 홍도선착장으로 오세요… (사이) 어? 아니 내 번호는 어떻게 안 거야?

들어오는 민규.

민규 뭐해, 안 와?

건하 아, 형. 방금 전화가… 그러니까 사건 의뢰 전화가…

민규 (황당한 듯) 진짜 의뢰하는 사람이 있긴 한가 보네. 보이
스피싱 아니야?! (사이) 야, 근데 이거 전화선 뽑혀있는
데? 니가 뽑았어?

건하 아뇨. 선이 뽑혀있는데… 전화가 왔어요. 방금.

민규 (건하를 보고 갸우뚱하다 조심스럽게) … 꿈꿨어?

건하 아니 그게 아니라 정말… 아, (휴대폰 화면을 보여주며) 문
자도 왔어요.

민규 (휴대폰 화면을 보고 건하 눈치를 살피다 휴대폰을 뒤집어 건하
를 향해 보인다)

건하 어? (놀란 듯 큰 소리로) 어디 갔어! 도화리 1번지, 분명히
주소를 보냈어요!

민규 건하야. (단호하게) 오늘은 형 집에 가자. 며칠만 같이
있자.

건하 아니 진짜, 진짠데…

민규 (건하를 끌어안으며 울먹이는 듯) 형이 미안해. 니가 평소에
밝은 앤 거 알지만, 큰일 겪어서 제정신 아닐 거야.

건하 (품에서 빠져나오며) 아, 아니요. 진짜 분명 방금 전화가…
문자가…

민규 가자. 가서 좀 쉬자.

민규, 건하의 팔을 잡아 함께 무대 밖으로 나간다.
신비로운 분위기의 음악소리가 살짝 커진다.
조명이 서서히 어두워지면서 책상 위 전화기를 비추는 핀 조명만 잠시 남았다가 곧 암전.

이때, 배우는 등장하지 않은 채 목소리만 들린다. 남자 목소리는 중현 역할의 배우가 연기할 수 있다.

건하 (목소리) 여기 홍도 선착장 맞나요?
남자 (목소리) 어디로 가세요?
건하 (목소리) 도화리… 라는 곳에 가려는데…
남자 (목소리) 도화리요? 허허. 예쁜 섬마을이죠. 좋은 여행 되세요.

신비로운 분위기의 음악소리가 커진다.
서서히 암전.
바퀴달린 의자는 무대 밖으로. 책상 위에는 『톰 소여의 모험』을 포함한 책 여러 권을 흩트리듯 올려둔다.
음악소리가 점점 사라진다.

2장

도서관.

조용한 파도소리. 조명이 켜진다. 유림 등장하여 무대 뒤편에
쌓인 의자 중 두 개를 책상이 있는 무대 중앙으로 가져온다.
책상 왼편, 오른편에 하나씩 둔다.

문을 두드리는 소리가 들린다.
유림이 소리가 들리는 쪽을 향해 고개를 돌린다.

건하 (조심스럽게 무대 위로 등장) 안녕하세요.

유림 (건하에게 시선을 고정한 채 고개를 살짝 숙이며) 어… 안녕하
세요… 그런데 누구…?

건하 아, 도난사건 의뢰 전화가… (사이) 여기 주소를 받았어
요. 혹시 저한테 전화하셨던 분인가요?

유림 아~ 아뇨. 전 아닌데, 전해 들었어요. (사이) 탐정님?

건하 아니요. 그게 아니고… (고민하는 듯 말이 없다)

유림 눈을 크게 뜨며 답을 기다리는 듯 고개를 살짝 갸웃거리

자, 건하는 작게 헛웃음이 터진다.

건하 죄송해요. 지금 제가 좀 정신이 없네요.

유림 (웃으며) 괜찮아요!

유림, 계속 대화를 이어가며 책상에 있는 책 한 권을 들고 뒤편 책장에 꽂는다. 이후 책장 옆에 쌓여있는 책더미들에서 한 권씩 책장에 정리하며 대화한다.

유림 탐정님이 아니시면…

건하 아, 아들입니다. (사이) 그러니까… 아버지 사무실에서 제가 전화를 받았어요.

유림 (건하를 한번 바라보고 다시 책 정리하며) 아~ 그러시구나.

건하 전에도 이 동네에 탐정… 님이 오신 적이 있어요? 전화 주셨던 분이, 아버지를 알고 계신 거 같아서…

유림 어… 글쎄요. 저도 이 마을에 온 지 얼마 안 됐거든요… (책을 정리하다말고 완전히 돌아본다) 그런데 누가 전화한지는 알아요. 미카엘이라고, 도서관에 자주 오는 언니에요.

건하 그분은 어디 계세요? (사이) 아, 그 전화가 좀 이상해서… 여쭤볼 게 있거든요.

유림 어, 이따 올 거예요. 매일 오시거든요!

건하 아…

건하, 책상 위에 있는 책들을 가만히 본다. 유림, 다시 무대 오
른편 의자에 앉는다.

유림 여기 앉으세요.

건하 (맞은편 의자에 앉으며) 여긴 서점? 도서관인가요?

유림 도서관이에요! 좀 작지만.

건하 (무대 뒤쪽을 둘러보며) 좋네요. 분위기가… 동네도 예쁘
고… 뭔가 (환히 웃으며) 마음이 편해진달까. (사이) 그럼
직원분이세요?

유림 어… (잠시 망설이다) 알바생이요. 그리고 저 고등학생이
에요. 고,유,림 입니다. 말 편하게 하세요.

건하 그럴까?

유림 (고개를 끄덕인다) 우리 마을, 정말 아름답죠?

건하 응. 이렇게 평화롭고 조용한 곳에서 살면 좋겠다 생각
했었는데… 여유롭게.

유림 (건하를 흐뭇하게 보다가) 책 좋아하세요?

건하 좋아하지. 아니, 좋아했지. 지금은 너무 바쁘고… 시간
도 없어서.

유림 핑계에요, 핑계!

건하 그런가… (책상 위 올려진 『톰소여의 모험』을 집어든다) 톰

소여의 모험… 오랜만이네

유림 좋아하는 책인가 봐요?

건하 아주 어렸을 때, 내가 이거 너무 좋아해서 엄마한테 매일매일 읽어달라고 졸랐거든.

유림 읽고 계세요. 이따 미카엘 언니 오시면 말씀드릴게요.

건하 (책을 가만히 보다 다시 유림을 보고) 아 그런데… 도난 사건이 있었다고…

유림 아, 네. 책 한 권이 없어졌어요.

건하 (팔을 책상 위로 올려 몸을 유림쪽으로 기울며) 여기 도서관에?

유림 네. 저희가 여기 도서관에서 독서모임을 하거든요. 아까 말씀드린 미카엘이랑, 캡틴, 그리고 구름까지 네 명이서요.

건하 이름이 다들 특이하네.

유림 아, 저희 독서모임에서는 별명을 불러요. 저는 찔레꽃입니다. (웃음) 유치한가요?

건하 아니? 재밌는데? (웃음) 뭔가… 암호 같기도 하고.

유림 어쨌든, 지난번 독서모임이 끝나고 잠시 다들 다음에 읽을 책을 고르고 있었는데 구름오빠가 책 한 권이 없어졌다고 말하더라구요. 자기한테 엄청 중요한 책인데, 안 보인다고… 미카엘 언니가 그걸 듣고 탐정님께 전화드렸나봐요.

건하 그랬구나. 혹시 다들 어떤 일을 하는지 물어봐도 될까?

유림 미카엘은 작은 카페를 하고, 구름은 사진사, 캡틴은 우체부세요.

건하 (고개를 끄덕인다) 그럼, 평소에 여기 도서관에 다른 사람들도 많이 와?

유림 마을에 사람들이 그렇게 많지는 않아요. 노인 분들이 많이 계셔서 아침 시간에 몇 분 정도… 자주 오는 건 독서모임 멤버들이죠. 다들 책도 좋아하고, 우리 도서관도 좋아하거든요.

건하 독서모임은 정기적으로 하는 거야?

유림 일주일에 한 번씩, 매주 금요일 저녁이요.

건하 그럼 전화를 토요일에 받았으니까, 바로 다음날 의뢰하신 거구나.

유림 아, 그날, 그 독서모임 날은 제가 사정이 있어서, 낮에 문을 열지 않았어요.

건하 그럼 그날 도서관에 온 사람은 독서모임 사람들밖에 없겠네?

유림 그렇죠.

건하 무슨 책이 없어졌대?

유림 어… 시집이라고 했어요. 어떤 건지는 잘…

건하 시집?

유림 (가만히 건하를 보다가 웃으며) 탐문하시는 거예요? 탐정님?

건하　(의자에 등을 붙이며) 아이고, 나도 모르게.

유림　탐정 맞는 거 같은데요?

건하　(주위를 둘러보다 다시 몸을 앞으로 기울이며 조심스럽게) 사실,
난 경찰이야.

유림　헐! 진짜요?

건하　(웃으며 다시 편하게 기댄다) 아니, 경시생. 경찰시험 준비
생.

유림　아 뭐야~. 그럼 그냥 탐정님 해요! 그리고 책 찾아주
세요. 어때요? 구름한테는 정말 중요한 책이라고 해
서…

건하　글쎄… 내가 무슨.

영우 무대로 등장.

유림　(영우를 보고) 어, 구름!

영우는 건하를 보고 놀란 듯 무대 가운데로 오지 않고 유림을
바라본다.

유림　(자리에서 일어나) 아, 이분은 탐정님이에요. 책을 찾아주
시려고 탐문 중.

건하	(유림의 말에 놀라며) 어?
유림	(건하에게 윙크하며) 책이 없어졌다고 한 구름, 어, 영우오 빠에요. 김영우.
건하	(망설이다 일어나 영우에게 악수를 건넨다) 명,건,하,라고 합 니다. (사이) 탐정!입니다.
영우	(고개만 꾸벅, 떨떠름한 표정으로) 네. 안녕하세요.

영우가 악수를 받지 않자, 머쓱하게 손을 주머니에 넣는 건하.

유림	(두 사람 눈치보다) 두 분 잠깐 이야기 나누세요! 마실 거 가져다 드릴게요.
건하	혹시 코코아도 있어?
유림	(웃으며) 있죠~

유림 무대 밖으로 나간다. 영우는 유림이 앉아있던 의자에 앉 는다. 영우를 따라 건하도 자리에 앉는다. 영우는 건하를 살짝 경계하는 듯 불편한 표정이다.

건하	혹시 없어졌다는 책이 어떤 책이에요?
영우	저… 와주셔서 감사한데, 제 책은 찾아주지 않으셔도 돼요.
건하	네?

영우   그냥… 저희 모임 분들한테 여쭤보고, 유림이가 도서관을 잘 아니까 찾아봐달라고 말한 거예요. 경찰 도움까지는 필요 없어요. 제가 괜히 외부인을 부른 것 같네요.

건하   (조용히) 경찰… 은 아닌데…

영우   어쨌든… 괜찮습니다.

유림, 컵 세 잔이 올려진 작은 쟁반을 들고 들어온다. 책상 위에 올려두고 무대 뒤에서 의자를 하나 더 가져와 두 사람 가운데에 앉는다.

유림   (건하, 영우 쪽으로 컵을 주며) 드세요. 코코아에요.

건하   고마워. (한 모금 마시는)

영우   저, 전 괜찮으니까 이제 신경 써주지 않으셔도 됩니다. (일어나려는 듯 의자를 뒤로 뺀다)

건하   (급하게 컵을 내려놓고) 아뇨. 제가 책 찾아드릴게요! 저 믿어 보세요!

영우   안 믿어요. 경찰. (얼버무리듯) 군인… 뭐 그런 사람들은.

건하   아니…

영우 메고 있던 가방에서 책 한 권을 꺼내 유림에게 준다.

영우　지난번에 빌렸던 책이야. 반납.

유림　(받으며) 그냥 가려구요?

영우, 건하를 보고 고개를 꾸벅한 후 무대 밖으로 나간다.

건하　(나가는 영우의 뒷모습을 바라보다) 경찰 아니래도…

유림　오빠가 뭐래요?

건하　경찰 도움 필요 없다고 알아서 한다는데? (사이) 미카엘이라는 분이 저 사람한테 탐정 의뢰하겠다는 얘기는 안 했나 보네?

유림　(어깨를 으쓱거린다)

건하　… 혹시 저것도 코코아야? (영우가 마시지 않은 컵을 가리키며)

유림　(웃으며 건하 앞으로 가져다준다) 네, 이것도 드세요! 코코아 정말 좋아하시나보다.

유림은 일어나 영우에게 받은 책을 책장에 정리한다. 건하, 코코아를 마시며 그런 유림을 바라본다.

건하　근데 혹시 그 미카엘이라는 분은 언제쯤…

유림　어… 안 그럼 직접 찾아가 보실래요? 나가셔서 바닷길 따라 조금 걸어가시면 작은 카페가 하나 있는데, 거기가보세요.

건하　그래야겠다. 고마워.

건하는 일어나서 무대 밖으로 나간다. 나가는 건하를 확인하고 주머니에서 휴대폰을 꺼내 전화를 거는 유림.

유림　방금 가게로 갔어요.

암전.

3장

바닷가.

책장을 돌려 도서관 문이 보이도록 한다.

무대 가운데 있던 책상은 빠지고 중앙에는 세 사람이 앉을 수 있을 정도의 벤치가 놓인다. 벤치 끝에 복숭아 나뭇가지가 걸려있다. 밝은 조명은 조금의 분홍빛을 띄고, 관객석과 가까운 무대 앞쪽에는 푸른색이 비추어져 바다를 표현할 수 있다.

건하 무대로 등장. 곧바로 반대편에서 중현이 자전거를 타고 나타난다. 건하, 주변을 둘러보며 걷다 미처 중현을 보지 못하고 부딪힐 뻔한다.

휘청거리던 중현의 자전거 뒤편에서 가방이 떨어진다.

건하 (놀라며 가방을 주워준다) 앗! 죄송합니다. (가방을 건네줄 때 살짝 갸우뚱한다)

중현 (가방을 건네받으며) 아니에요. 괜찮습니다… (사이) 처음 뵙는 분인데…

건하 아… 아버지를 아는 분이 아버지 사무실로 전화를 주셔서…

중현 (의심스러운 듯 건하를 빤히 본다)

건하 그러니까… 아버지가 탐정… 이신데, 도난 사건 의뢰 전화가 왔어요.

중현 아, 명현석…

건하 (놀라며) 저희 아버지를 아세요?

중현 마을에 자주 오시더라구요. (사이) 그런데 혹시 도난 사건이라는 게 도서관 말씀이신가요?

건하 어? 아세요? (중현의 우체부 조끼를 보고) 아, 우체부… 캡틴?

중현 예. 저도 그날 도서관에 있었거든요.

건하 혹시 없어졌다는 책이 어떤 책인지 알고 계세요?

중현 그런데… (사이) 제가… 왜 말씀드려야하죠?

건하 네? 아… 아버지 대신 제가 사건 의뢰를 받았으니까요. 저도 탐정… 입니다!

중현 (퉁명스럽게) 요즘도 탐정이 있습니까?

건하 (기분 나쁜 듯) 있더라고요.

중현 저랑은 상관없는 일입니다. 경찰도 아니신데, 제가 더 이야기해야 할 필요는 없을 듯하네요.

건하 (얼굴을 찌푸린다) 뭐… 찔리는 거 있으세요?

중현 (자전거 손잡이를 잡고 출발하려다 잠시 멈추고) 마을 사람들 들쑤시고 다니지는 마세요. 이 마을 사람들, 외부인

을 반기지는 않아요. 반기더라도⋯ (중얼거리듯) 속지
마시고.

건하　네? 무슨 말씀이세요?

중현, 자전거를 끌고 건하를 지나쳐 무대 밖으로 나간다.

건하　(어이없다는 듯) 누군 경찰을 못 믿고, 누군 경찰이 아니
라서 못 믿고⋯ (사이) 어렵네 탐정놀이⋯

건하는 벤치를 보고 털썩 앉아 풍경을 보듯 관객석을 바라본
다. 파도 소리가 잔잔하게 들린다. 건하는 다시 기분이 좋아진
듯 얼굴이 편안해진다.
수영 등장. 건하에게 다가와 어깨를 톡 두드린다.

수영　저기⋯

건하　(수영을 보고) 네?

수영　(조심스럽게) 저 방금 캡틴하고 말씀하시는 거 들었어
요⋯ 저는 미카엘이라고 합니다.

건하　아! 저는 명건하라고 합니다. 안 그래도 여쭤볼 게 있
어서 찾아가고 있었어요.

수영　(건하의 옆자리에 앉으며) 명현석 탐정님이요?

건하　네. 제 아버지가 이 마을에 어쩌다 오신 거예요?

수영 오래 전에 처음 마을에 오셨어요. 그때 명함을 한 장 주셔서…

건하 오래 전이라면…

수영 10년도 더 전인 거 같아요. 그때부터 가끔 오셨는데, 오시면 항상 여기 벤치에 앉아서 바다를 바라보셨어요. 이곳에 있으면 혼자라는 생각이 들지 않았대요. 분홍빛 하늘과 바람, 파도 소리까지 함께 있다면서.

건하 그런 (살짝 찡그리는) 감성적인 분이신 줄은 몰랐네요. 제 아버지가.

수영 좋은 분이셨어요. 우리 마을 일에 늘 적극적으로 도와주셨거든요.

건하 (황당하다는 듯) 허, 그렇게 사교적인 분이실 줄은… (사이) 아… 전화! 저, 제가 미카엘씨한테 전화를 받았을 때 전화선이 뽑혀있었거든요? 어떻게 된 거죠?

수영 (의아한 표정을 지으며) 네? 음… 저는 모르죠. 잘못 보신 거 아니에요?

건하 아니 분명히… 그리고 문자요, 제 번호는 어떻게 아셨어요?

수영 명현석 탐정님이 주신 명함에 휴대폰 번호가 적혀 있길래…

건하 제 번호가요?

수영 네! 전 탐정님 번호인 줄 알았는데?

건하   아… (머리를 긁적인다) 참, 아버지에 대해서 여쭤보려고 여기 온 건데… 의문점만 생기네요. (벤치에 편하게 기대어 정면을 바라본다)

수영은 건하를 흐뭇한 표정으로 바라본다.

건하   아까 캡틴? 그분은… 독서모임 하실 때도 까칠해요?

수영   푸하하! 캡틴이 좀 까칠하죠? (사이) 예전에 강력계 형사였대요.

건하   형사였구나~ 그래서… 탐정… (사이) 근데 지금은 아니시던데요?

수영   지금은 우리 마을 우체국에서 일하셔요.

건하   형사 일은 왜 그만두셨대요?

수영   그게… (주위를 살피고 목소리를 낮추며) 캡틴의 아버지가… 살인범이었대요.

건하   살인범이요??

수영   (건하의 입을 막으며 주변을 살피고 목소리를 낮추며) 쉿! 지난번 독서모임 때 들은 얘기에요.

건하   (검지손가락을 입에 갖다 대고 고개를 끄덕인다)

수영   어린 시절엔 술을 마신 아버지에게 이유도 없이 맞았대요. 집에서도 폭력적인 아버지였지만 살인까지 저지를 줄은 몰랐대요… 사람을 네 명이나 죽이고, 사형 선고 받아 감옥에 가셨는데, 폭력적인 아버지가 집에서 사라졌으니 지옥에서 벗어난 줄 알았는데, 살인마 아들이라는 손가락질이 시작된 거죠.

건하   그런 일이 있었군요…

수영   그때 캡틴이 열여섯 중학생이었대요. 아버지에 대한 억울함, 분노로 가득 차서 강력계 형사가 되어 살인범들을 잡아야지 다짐했고, 그렇게 한 거죠.

건하   (잠시 말이 없다가) … 그럼 왜 그만두신 거예요?

수영   그게… 아버지에 대한 연락을 완전히 끊고 살다가, 아버지가 이미 20년 전에 사형 집행이 아니라 자살했다는 소식을 나중에서야 알게 되었대요. (사이) 그래서… 여기 작은 섬마을로 도망치듯 와버렸대요. 삶의 의미가 없어져 버린 심정이었던 거죠.

건하   그랬겠네요… (고개를 천천히 끄덕이며 생각에 잠긴다)

수영   그래도, 인생을 후회하지 않는대요. 행복했던 기억만 가지고 왔다고 했어요. 당시엔 몰랐던 그런 기억들. (사이) 그리고, 마을 분들한테는 엄청 친절한 우체부세요!

건하   (수영을 보고 살짝 미소 지으며) 그런데… 네 분은 독서모임에서 꽤 깊은 이야기들을 나누나 보네요.

수영   뭐, 그런 날도 있죠. (정면을 바라보고) 여긴 밤이 정말 아름답거든요. (사이) 엇, 그런데 제가 너무 남 이야기를 함부로… 제가 이래요.

건하	에이, 아니에요. 비밀 지킬게요!
수영	음… 그럼 탐정님도 비밀 이야기 해주세요! 그래야 공정하죠!
건하	(자신을 가리키며) 탐정이요?
수영	아까… 캡틴한테 건하 씨도 탐정이라고 하셨잖아요.
건하	아… 그건…
수영	(호기심 가득한 표정) 여자 친구 있어요? 아니면… 뭐 부모님 몰래 해 본 일탈 같은 거?
건하	아… 엄마가 많이 아프셔서 제가 아주 어렸을 때 돌아가셨는데…
수영	(입을 꾹 다물고 눈치보다) 죄송해요.
건하	(장난스럽게 웃으며) 하하, 괜찮아요. 저도, 엄마에 대해선 행복했던 기억만 가지고 있거든요. (사이) 그보단… 캡틴 이야기를 들으니까 아버지 생각이 나네요. 상황은 좀 다르지만… 아버지랑 마지막으로 길게 대화한 건… 초등학교 저학년. (씁쓸한 웃음)
수영	(안쓰럽게 바라본다)
건하	엄마가 돌아가시고, 시간이 갈수록 아버지가 말이 없어지셨어요. 점점 저도 아버지에게 말을 거는 게 어려워지고… 어린 마음에 집 안에서의 적막을 견디기 힘들어서 집을 나왔어요. (사이) 이제 아버지 목소리가 기억도 나지 않는데, 여기선 그렇게 좋은 사람이었다니

좀 이상하네요.

수영 (잠시 건하를 바라보다가) 탐정님이 아들 이야기를 하신 적이 있어요.

건하 제 얘기를요?

수영 미안하다고.

건하 (허탈한 웃음을 짓고 고개를 젓는다)

수영은 건하의 어깨를 잠시 토닥인다.

건하 아, 근데 아까 캡틴이 마을 사람들은 외부인을 반기지 않는다고 하던데…

수영 아… 우리 마을의 전설 같은 거예요. 외부인이 방문하면 마을에 안 좋은 일이 생긴다는…

건하 그런 적이 있어요?

수영 명현석 탐정님도 처음 오셨을 때, 지진이 크게 났었어요. 또 언제는 태풍이 크게 와서 마을 사람들이 엄청 고생했던 적도 있구요.

건하 아…

수영 에이, 그래도 매번 그런 건 아니에요. 우연의 일치였겠죠!

건하 (고개를 끄덕이며) 그렇겠죠?

수영 어, 혹시 도난사건에 대해서는 얼마나 들으셨어요?

건하 유림이가 독서모임에 대해서 조금 이야기해줬어요. 그 날 구체적으로 어떤 일이 있었나요?

수영 평소처럼 모임을 했어요. 끝나고 나서는 각자 다음에 읽을 책을 고르고 있었는데, 영우가 갑자기 시집이었나? 무튼 자기 책을 본 적 있냐고 물어보더라구요. 도서관에 두고 읽던 책인데, 갑자기 안 보인다구요.

건하 중요한 책이라고 했다던데, 도서관에 두고 다녔대요?

수영 네. 영우는 자꾸 집은 안전하지 않다고… 늘 자기가 좋아하는 책들은 도서관에 뒀어요.

건하 혹시 그날, 영우 씨는 어떤 이야기 했어요?

수영 그냥… 항상 같이 책을 읽던 친한 친구에 대한 이야기를 하더라구요. 그날 독서모임 주제가 나의 인생이었거든요.

건하 인생… 그래서 깊은 이야기를 나눴나보네요. 친구가 이 마을 사람은 아니구요?

수영 아, 아뇨. 지금은 연락이 끊긴 친구래요.

건하 친한 친구 이야기… 그리고 중요한 책이 사라졌다… (사이) 아, 그런데 왜, 영우 씨한테 아무 말도 안하고 사무소로 전화주신 거예요?

수영 너무 걱정하길래… 찾아주고 싶은 마음에… 전에 명현석 탐정님이 제 물건을 찾아주신 적도 있었거든요. (걱정스럽게) 혹시 영우가 뭐라 하던가요?

건하 (살짝 눈을 굴리다 미소지으며 고개를 빠르게 젓고) 아니요! 걱정 마요.

건하, 잠시 생각에 잠긴다. 수영은 그런 건하를 보며 살짝 미소를 짓는다.

민규, 무대로 등장.

민규 (건하를 보고) 건하야! (벤치 옆으로 온다)
건하 (깜짝 놀라며 일어난다) 엇, 형이 여길 어떻게 왔어요?

수영도 덩달아 일어나 한 발짝 뒤로 물러선다. 두 사람을 가만히 지켜본다.

민규 그게 중요한 게 아니잖아. 얼른 가자. (건하의 팔목을 잡는다)
건하 (민규의 손을 놓고) 형, 잠깐만요.
민규 너 여기가 어딘 줄 알고 와. (조용히 손으로 입을 가리고) 내가 보이스피싱 같다 했잖아!
건하 (고개를 저으며) 아니에요. 그런 거. 진짜 도난 사건 의뢰 전화였어요.
민규 그렇다고 해도, 니가 너희 아버지처럼 탐정도 아니고,

그렇다고 경찰도 아닌데, 상관없는 일이잖아! 아는 사람들도 아니고.

건하 그래도 제가 책을 찾아주겠다고 했는데… (수영을 돌아보고) 아, 미카엘. 저랑 친한 형이에요.

수영 (조심스럽게) 안녕하세요…

민규 (대충 고개를 꾸벅하고) 아, 네.

수영 두 분 편하게 이야기 나누세요! (건하에게) 탐정님, 이따 도서관에서 봐요.

수영, 무대 밖으로 나간다.

민규 (건하에게 다그치듯) 아버지 싫다며. 탐정도 싫다며. (사이) 저 여자는 누군데?

건하 아이, 금방 갈게요. 걱정하지 말고, 먼저 돌아가요. 지금 의심스러운 사람이 있어서 한번만 확인하구요. 저도 바로 갈게요!

민규 건하야… 제발… 형 말 들어줘.

건하 형, 먼저 돌아가요. (웃으며) 금방 갈게요.

민규 건하야…

번쩍이는 조명과 함께 천둥소리가 크게 울리고 두 사람은 놀라며 몸을 웅크리며 하늘을 본다.

암전.

거센 파도 소리와 빗소리와 함께 의미심장한 음악소리가 들려
온다.

4장

음악소리와 빗소리가 줄어들고 고요한 파도 소리가 들린다.
벤치는 무대 밖으로 나가고 다시 책상을 무대 중앙에 둔다.
책이 꽂혀 있는 방향으로 책장을 돌린다.

도서관.
무대 중앙에는 다섯 개의 의자가 놓여있다.
왼쪽부터 유림, 영우, 중현, 수영이 앉아있다.
가장 오른쪽의 마지막 의자는 비어있다.

소리가 작아지면서 핀 조명이 다섯 개의 의자를 비춘다.

중현이 일어난다. 모두 중현을 바라본다.
중현을 향하는 핀 조명을 제외한 나머지 조명이 꺼진다.

중현   (정면을 바라보고 이야기 한다) 그래서… 오늘 모임에서 제
가 소개하고 싶은 책은… 허먼 멜빌 작가의 『모비딕』
이라는 소설입니다. 이 소설의 주인공, 에이햅 선장은

모비딕이라는 이름을 가진 거대한 흰 고래를 쫓아 항해를 떠나요. 모비딕에게 다리를 빼앗겼던 에이햅 선장은 그 고래에 대한 복수의 일념에만 사로잡혀 판단력이 흐려져 있었죠. 애초에 인간의 힘으로 정복할 수 있는 고래가 아니었는데. (사이) 결국 에이햅 선장의 결말은 파멸입니다. 에이햅이 모비딕에게 던진 작살 밧줄에 제 스스로 목이 감겨 끌려가버리고, 모비딕은 선장이 타고 있던 배를 들이 받아 박살내버리죠.

(사이) 20년이 지나서야 내 아버지가 자살했다는 소식을 들었을 때, 어쩌면 모비딕을 쫓은 에이햅처럼, 내 힘으로 이겨낼 수 없는 무언가에게 결국엔 지고 말았다는 생각이 들었습니다. 이 마을을 찾게 된 것도 그 때문이었겠죠.

유림을 향하는 핀조명이 켜진다.

유림   캡틴?

중현   (유림을 보고 고개를 끄덕거린다) 선장은 나였고, 모비딕은 아버지였어요.

유림   후회해요?

중현   비극은 그 자체로도 아름답다. (사이) 사실 이 이야기를 하고 싶었어요. 난 이 마을에 온 걸 후회하지 않아요.

행복한 기억만 가지고 왔거든요. 여기서 이 책을 몇 번이고 더 읽었더니, 이 책은 파멸을 말한 것이 아니라, 목표를 향해 항해한 그 모든 순간들이 빛나고 있었음을 말하고 있었어요. (미소를 짓는다) 사건 피해자가 용기 내어 세상 밖으로 나왔을 때, 어떤 초등학생이 경찰서로 감사 편지를 보내왔을 때, 팀원들이 몰래 생일 케이크를 준비해 깜짝 파티를 해줬을 때… 그 소소한 기쁨들을 그때 마음껏 누리지 못한 게 아쉽지만, 그런 기억들이 나를 빛내주었어요.

유림 (미소로 화답하며) 우리는 모두 빛나기 위해서 태어났다고 해요. 하늘에 수놓은 별들처럼. 우리 마을은 정말 별이 예쁘죠.

중현 아무도 울지 않았으면 좋겠어. 별은 매일 뜨니까.

중현과 유림을 비추던 핀 조명이 꺼지고 동시에 영우를 비추던 핀 조명이 켜진다. 고요한 파도소리가 한 번 크게 들린다. 자리에서 일어나는 영우.

영우 저는 대학교를 갈 수 있는 형편이 안돼서… 고등학교를 졸업하자마자 할 수 있는 일들은 다 찾아다니면서 돈을 벌었어요. 저한텐 정말 친한 친구가 있었는데, (잠시 미소를 띠며) 임순호라고 초등학교 때부터 제일 친한 친구였어요. 그 앤 대학생이 되어서, 밤이면 꼭 저를 찾아와 책을 가져다 줬습니다. 재밌으니 읽어보라고.

영우는 오른쪽 빈 의자가 있는 곳을 천천히 바라본다. 빈 의자를 비추는 핀 조명이 천천히 켜진다. 수영, 유림, 중현은 앉아 있던 의자를 무대 뒤편에 놓고 퇴장한다. (퇴장하며 의자에 사진과 라디오를 올려둔다)

음악 : 유심초 '어디서 무엇이 되어 다시 만나랴'가 작게 들려온다.

전체 조명이 밝아지면서 한 손에 책을 들고 있는 순호가 무대 오른쪽에서 등장한다. 이때, 순호는 민규 역할의 배우가 연기할 수 있다. 순호는 모자와 마스크를 쓰고 있다.
음악소리가 점점 줄어드는데 완전히 꺼지지는 않는다.

순호 내가 좋아하는 노래 듣고 있었네?
영우 (표정이 밝아지며) 어 왔어?
순호 (영우 옆 자리에 털썩 앉으며 마스크를 벗어 한쪽 귀에 걸친다) 뭐하고 있었어?
영우 나도 일 막 끝나서 방금 왔어. (책장 앞으로 걸어간다) 오늘은 무슨 책인데?

순호   유토피아!

순호는 의자를 무대 중앙으로 끌고 와 앉고, 영우에게 책을
건넨다. 영우는 책 『유토피아』를 건네받고 책장에 꽂혀있던
시집을 하나 꺼내 다시 순호에게 주며 순호 옆으로 살짝 끌고
와 앉는다. 순호는 시집을 받아 계속 손에 들고 연기한다.

영우   자, 이건 다 읽었어. 근데 유토피아가 뭐야?

순호   (천천히 설명하듯) 유토피아의 유는 '없다', 그리고 '좋다'
라는 두 가지 뜻을 가지고 있어. 그리고 토피아는 장소
를 의미해. 이 세상에 존재하지 않지만, 행복한 곳, 그
게 유토피아라는 거지. 거긴 모두가 평등하고 자유로
운 세상이야.

영우   아~ 니가 맨날 말하는 '새로운' 세상? (사이) 근데 대체
새로운 세상은 뭐야?

순호   (영우 머리를 헝클며) 몰라 나도. 너도 몰라도 돼. 그냥 읽
어봐, 재밌을 거야.

영우   응. 알겠어. (사이) 아, 지난번에 바다 가서 찍었던 사진,
현상했어.

영우는 무대 뒤편으로 가서 『유토피아』 책을 의자 위에 올려두
고 사진을 가져와서 다시 앉으며 순호에게 사진을 보여준다.

순호	와, 역시 김영우. 사진 멋진데?
영우	그치! 역시 내가 좀 잘 찍어. 나, 여기 바다처럼 예쁜 바닷가에서 사진관을 차릴 거야. 그리고 사람들 사진을…
순호	(말을 가로채며) 아무래도 이, (자신의 얼굴을 가리키며) 피사체가 좋아서 그런가?
영우	(사진을 휙 치우며) 꺼져.
순호	(장난스럽게 웃으며) 왜~ 나 주는 거 아니야? 내 사진인데?
영우	내 사진이야. 내가 찍었어.

영우는 일어나 뒤편 책상으로 가 사진을 정리한다. 순호, 그런 영우를 바라보며.

순호	내가 언젠간, 훔칠 거다 그거.
영우	(피식 웃으며) 숨겨 놓을 거야.
순호	내가 찾을 거야.
영우	꺼져.
순호	(웃음) 야, 간 김에 노래 처음부터 좀 틀어봐.

영우가 라디오 버튼을 달칵 누르면 노래가 멈췄다가 한 번 더 누르면 다시 시작된다. 볼륨을 살짝 올리자 음악소리가 조금

커진다.

영우, 라디오가 올려진 의자 옆에 앉아 기댄다.

영우 이 노래 왜 좋아해?

순호 가사가 좋잖아. (손에 쥐고 있던 책을 들어보이며) 이게 원래 김광섭 시인 '저녁에'라는 시에서 따온 가사거든? 그래서 이번에 읽어보라 한 거야. (영우가 있는 곳을 돌아보고) 우리 중학생 때, 밤이 되면 뒷산 뛰어 올라가서 별 보던 거 기억나?

영우 기억나지.

순호 (다시 앞을 보고) 밤이 깊을수록 별은 밝음 속에 사라지고 나는 어둠 속에 사라진다… (사이) 새벽이 오고 밝아지면 별들이 다 사라지듯이, 결국 나도 늙고 병들어서 이 세상에서 사라지겠지?

영우 다음날 또 뜬다. 별은. (사이) 야, 그리고 우리가 늙고 병들어 죽는 건 너무 먼 얘기 아니야?

순호 먼 얘기지. 앞으로 새로운 세상이 찾아오면, (영우를 보고 어린 아이처럼) 난 백 살까지 살 거야!

영우 백 살? 에이, 너무 많아!

순호 넌 비실비실해서 안 되겠지만, 난 오래오래 살 거거든?

영우 참나.

순호 오래오래 살고 그 다음에 또 그 다음 세상이 오면, 우리 그땐 무엇이 되어 다시 만나지?

영우 이번엔 또 "다음" 세상이야?

순호 이 노래에선 나비와 꽃송이가 되어 만나자고 하니까, 우린 바람과 구름이 되자. 내가 바람이 되어서 너 찾아 갈게.

영우 (순호를 이상하게 쳐다보며) 가끔 넌 무슨 말을 하는지 모르겠어.

영우는 라디오 버튼을 달칵 누른다. 음악소리가 멈춘다.

영우 모임 갈 시간 아니야?

순호 (일어나 마스크를 다시 쓰며) 어, 가야지. 이제 갈게. (사이) 아, 이건 너 가져라.

순호는 영우에게 들고 있던 김광섭 시선집을 던지듯 건네고 무대 밖으로 나간다.

영우가 앉아있던 의자의 핀조명만 남고 모두 꺼진다. 영우는 의자 앞으로 돌아온다. 정면을 바라보고 이야기 한다.

영우 순호가 가져다 준 책, 유토피아는 하나도 재미없었어요. 순호는 새로운 세상, 모두가 평등하고 자유로운 세상, (사이) 유토피아를 기다렸나봐요. 그런데 전 잘 모르겠어요. 사회가 중요한가요, 그 안에 살아가는 인간이 중요하죠. 어디에나 악한 인간은 존재하니까… 순호랑 책을 읽고 이야기하는 시간이 정말 즐거웠는데… (사이) 그 날 이후로, 순호는 오지 않았어요. 집에는 경찰들만 찾아와서 순호의 행방을 묻는데… 저도 답답했어요. 다시는 볼 수 없었으니. 순호가 유토피아를 외친 건, 그저 세상이 변하길 원했던 작은 바람이었을지도 모른다는 생각이 들어요. 백 살까지 살겠다고 했으니 언젠가 만나는 날이 오겠죠.

암전.
고요한 파도소리가 들려온다.

5장

파도소리가 조용해지자, 거센 빗소리가 들린다.

무대 가운데에 책상 양 옆과 가운데에 의자를 둔다. 무대 뒤
편에 있던 의자 위의 라디오와 시집은 무대 밖으로.
조명이 밝아지면, 수영이 오른쪽 의자에 앉아 책을 읽고 있다.
빗소리가 줄어든다.

무대 왼쪽에서 유림이 머그잔 두 개를 들고 등장한다. 가운데
의자에 앉는다.

유림   (수영에게 하나 건네며) 이거 마셔요. 언니가 좋아하는 코
　　　코아.
수영   어, 고마워.
유림   지난번처럼 비가 많이 오면 어쩌죠?
수영   괜찮을 거야.
유림   (고개를 끄덕이며 미소 짓는다) 네. 뭐 읽고 있어요?
수영   (책 표지를 보여주며) 『톰 소여의 모험』!

유림   아~ 언니가 읽고 있던 거구나! (사이) 아, 이야기⋯ 해
봤어요?

수영   응. (사이) 아직은 아빠가 미운가봐.

유림   칫, 난 아빠 엄청 보고 싶은데⋯ (사이) 아, 아니 아니 보
고 싶긴 한데, 나중요. 아주 나중에 보고 싶다구요.

수영   나도 그래. (유림에게 잠시 미소를 보이고 책을 펼친다)

건하가 무대 오른쪽에서 등장한다.

유림   (건하를 보고) 오셨어요?

수영   (고개를 든다)

건하   아, 두 분 같이 계셨네요. (의자에 앉는다) 비가 너무 많이
오네요⋯ 저랑 형 때문이면 어쩌죠⋯

수영   (책을 덮으며) 에이! 그냥 우연이라니까요.

건하   그렇겠죠? (사이) 어, 『톰 소여의 모험』? 저도 좋아하
는데.

수영은 그런 건하를 어색한 듯 흐뭇한 미소로 바라보고, 유림
은 그런 수영의 눈치를 본다.

건하   어릴 땐 그냥 톰이 살인 사건 범인을 찾아내고, 보물을
찾는 모습이 꼭 탐정 같았어요. (생각에 빠진 듯) 그러고

보니 나 명탐정 코난 만화도 엄청 좋아했는데… (수영과 유림을 번갈아 보다가) 어… 제가 이렇게 말이 많은 편이 아닌데… 이상하네요. 오늘. 여기 와서 수다쟁이가 된 거 같아요. 이 동네가 저를 그렇게 만들어요.

유림 (웃으며) 아 탐정님, 혹시 누가 책을 훔친 건지 짐작 가세요?

건하 아직 확실한 건 아닌데… 심증만 있어서… 모임 할 때, 별 문제 없죠? 다들 서로 친하죠?

수영 그럼요. 우리 동네에 주민들이 많이 없어서…

중현이 다급하게 무대로 등장한다. 한 손에 가방을 들고 있다.

유림 캡틴?

중현 어… (세 사람을 보고 살짝 당황한다) 혹시 영우 여기 있어?

유림 아뇨?

중현 아… 사진관에 없길래… 그래 알겠어.

중현이 다시 몸을 돌려 나가려 하자 건하, 빠르게 일어나 중현의 팔을 붙잡는다. 수영과 유림은 눈치 보며 두 사람을 지켜본다.

건하 잠시만요!

중현	(건하를 향해 몸을 돌리고) 뭡니까?
건하	(팔을 놓고, 의심의 눈초리로) 영우 씨는 왜요?
중현	혹시… 뭐, 저를 의심하십니까?
건하	계속 저를 피하시잖아요.
중현	외부인이 오면 늘 좋지 못한 일들이 일어납니다. 지금 처럼요.
건하	저 그 가방 한번 보여주세요.
유림	(놀라며) 캡틴은 아닐 거예요.
중현	(어이없는 듯 헛웃음 친다)
건하	저도 아니라고 생각해요. 가방을 보고 나면요.

중현은 무대 가운데로 걸어와 책상 위로 가방을 올리고, 가방 속에서 소포 상자를 꺼낸다. 중현을 제외한 세 사람은 그를 지켜본다.

중현	영우한테 온 소포에요. 직접 주려고 찾는 중입니다.
건하	아이 뭐. 그랬구나. (꿍얼거리며) 근데 왜 그렇게 저를… 피하고…

건하, 머쓱한 듯 눈을 피한다. 영우, 무대로 등장한다.

유림	어, 오빠 여기 와보세요. 소포가 도착했대요.

네 사람은 영우가 가까이 올 수 있도록 자리를 내어준다.

중현   보낸 사람이⋯ 구름을 찾아온 바람이라 되어 있어서⋯

영우   (당황한 듯) 네?

유림   구름? 우리만 아는 별명이잖아요! 누가 보낸 거지?

중현   확인해봐.

영우, 소포를 뜯어본다. 모두 영우의 손에 집중한다.

영우   (상자를 열어 책을 하나 꺼내어 놀라며 가만히 바라본다) 순호⋯

유림   그때 말한 친구? 순호 맞죠? (책을 보며) 겨울날⋯ 이 한자는 뭐예요?

영우   김광섭 시선집. 이게 제가 없어졌다던 책이에요.

수영   정말?

중현   (상자에서 사진을 한 장 꺼내며) 이것도 있어.

영우   (사진을 건네받고 의자에 털썩 앉는다) 정말 순호가 왔나 봐요. (살짝 웃으며) 훔치겠다더니.

중현은 영우의 어깨에 손을 살짝 얹는다.

유림	어? 그럼! (건하를 보고) 책은 찾았네요!
건하	아, 그러게요. 뭐 제가 한 건 없지만…

순간 이명이 온 듯 삐- 소리가 들리며 건하를 향한 핀조명만 남고 어두워진다. 건하는 두통이 온 듯 머리에 손을 짚고 찡그린다. 민규의 목소리가 들린다.

| 민규 | 건하야… |

천둥소리가 세게 울리며 암전.
빗소리와 작지 않은 천둥소리가 계속된다.

6장

병원.

무대 중앙에는 책상과 바퀴달린 의자가 놓여있다. 책상 위에
는 모니터와 서류들이 올려져 있고, 책상 옆에는 동그란 의자
가 놓여있다.

의자에는 민규가 앉아있다.

소리가 줄어들고 조명이 밝아진다.

민규는 책상에 팔을 괴고 머리를 짚은 채 누군가를 기다리고
있다.

한 교수, 무대로 등장한다. 한 교수 역할은 중현 역할의 배우
가 연기할 수 있다.

한교수　민규야.

민규　(팔을 내리고 바른 자세로 앉으며) 교수님.

한교수　(의자에 앉으며) 건하 이전 기록들을 봤는데… 병원을 따
로 다닌 적은 없었어. 다만, 군병원 기록을 보니 우울

증 소견을 받았더군. 치료를 위해 브린텔릭스를 복용한 기록이 있는데, 차도가 없었는지 증량하다, 갑자기 복용을 멈췄어.

민규　한 번도 그런 이야기를 한 적이 없었어요… 항상 밝은 아이였는데.

한교수　너한테 짐이 되고 싶지 않았을 거야. 니가 얼마나 지를 아끼는지 아니까, 더 밝은 척 했을 거고. 군대에서도, 애써 괜찮아진 척 했나보네.

민규　제가 취직이 잘 안 돼서 방황하고 있을 때, 건하가 같이 경찰시험 준비하자고 적극적으로 도와줬어요… (사이) 근데 전… 하… 아무 도움도 주지 못하고 있었네요.

한교수　민규야. 네 잘못이 아니다. 숨기기 위해 노력했을 거야. 건하처럼 착한 애가, 자신의 우울이 전염될까 두려웠던 것이지. 그러다 한계를 느낀 거야. (사이) 그래도, 민규 네가 빨리 발견해서 골든타임은 놓치지 않았어.

민규　그런데 왜 의식이 돌아오지 않나요?

한교수　지금부터는 본인 의지가 가장 크다. (사이) 달콤한 꿈에서 깨는 건 어려운 일이지.

민규는 얼굴을 감싼 채 책상에 팔을 괸다.

한교수   (혼잣말로) 지 아버지랑 똑같아. 제 아들 탈날까 무서워 말 못하고 혼자서 끙끙…

한 교수는 민규의 어깨를 토닥이고 퇴장한다.

민규   건하야… 제발… (정면을 향해 고개를 들고) 형 말 들어 줘…

암전.
신비로운 음악소리가 조용히 들린다.

7장

바닷가.

책장을 돌려 도서관 입구가 보이게 한다.

무대 가운데에는 3장에서의 벤치가 놓여있다.

고요한 파도소리가 들린다.

암전상태에서 벤치에 앉아 있는 수영. 별이 떠있는 듯한 반짝거리는 조명 효과.

벤치를 향한 핀 조명이 서서히 켜진다.

수영은 벤치 위로 다리를 올린 채 무릎을 껴안고 바다를 감상하듯 관객석을 멍하니 바라보고 있다.

중현, 무대로 등장. 수영 옆에 앉는다.

수영 (중현을 보고) 건하, 괜찮아요?

중현 응. 잠깐 눕혔어. 아무래도 여기 오래 있으려니 힘들겠지. (가방에서 만화책 『명탐정 코난』을 꺼내어 수영에게 건네

준다)

수영   아.

중현   나 이거 때문에 의심받았다. 건하한테. 예리하네 짜식.

수영   (웃으며) 죄송해요. 그리고 감사해요.

중현   (책을 향해 눈짓하며)『명탐정 코난』?

수영   건하가 좋아했던 만화책이에요.

중현   (수영을 가만히 보다) 잘… 돌려보내.

수영   (천천히 고개를 끄덕인다)

중현은 일어나 들어왔던 반대 방향으로 무대 밖으로 나간다.

수영, 만화책을 훑어본다.

건하, 무대로 등장. 벤치까지 오지 않고 먼저 대사.

건하   미카엘?

수영   (급하게 만화책을 건하가 보지 못하는 쪽 옆으로 내려두고) 괜
찮아요?

건하   (벤치로 걸어와 앉으며) 네. 잠깐 두통이…

수영   이제… 돌아가야죠. 있던 곳으로.

건하   (허공을 멍하니 보며) 별… 정말 아름다워요. 서울 하늘에
선 별 보기 힘든데. 여기 좋다.

수영   아까, 영우요… 친구가 우리 마을로 왔나봐요. (건하를

보고 있다가 건하처럼 정면 허공을 응시하며) 영우, 사십 년 기다렸는데.

건하 (놀라 수영을 보며) 네? 사십… 년이요?

수영 순호. 그분은 누구보다 멋지고 후회 없는 삶을 살다 이 곳으로 왔겠죠? 새로운 세상을 만나고. 다음 세상으로.

건하 무슨 말씀 하시는 거예요?

수영 책을 좋아하는 친구가 언젠가 도서관에 찾아오기를 기다리면서, 모임 때 꼭 의자 하나 더 꺼내두던 영우는 이제, 모임을 끝내겠네요. 기다리는 사람이 왔으니.

건하 미카엘?

수영 그런데요, 탐정님. 영우의 친구 순호가 영우에게 연락을 끊어버린 건, 영우를 위해서였어요. 보고 싶어도 참았을 거예요. 피해가 될까봐. 어떤 사람은 누군가를 위해서 자신을 희생하죠. 상대방의 의사를 물어보지도 않고.

건하 무슨 말이에요?

수영 명현석 탐정님이요. 아들을 위해서였을 거예요. 내 아픔을 아들에게 전하고 싶지 않아서.

건하는 아버지의 이야기가 나오자 수영을 보고 있던 시선을 돌린다.

수영	알아요. 잘못된 거. 함께 나섰어야죠. 가족이니까. (사이) 근데, 몰랐을 거예요. 아빠는 처음이라. 그게 맞다고 생각했을 거예요. 그래서 미안하다 얘기하고 싶어 했어요.
건하	그래도… 싫어요. 억울해요.
수영	(건하를 어르듯 바라보다가) 바다 좀 봐요. 별이 떠있는 바다를 봐요.
건하	(고개를 들어 정면을 보다 살짝 한숨 쉬듯 숨을 내뱉는다)

조용한 파도소리가 들린다.

수영	예쁘죠?
건하	네. (사이) 돌아가기 싫어요. 한국에 이렇게 예쁜 섬이 있는지 몰랐네요. 딱, 제가 꿈꾸던 그림이에요.
수영	잘 봐요.

반짝이던 조명이 멈춘다. 들려오던 파도소리도 뚝 끊어진다.

수영	모든 시간이 멈춰 있는데, 눈부시게 아름답죠.
건하	(가만히 정면을 보다 무언가 이상한 듯 놀라며 벌떡 일어난다)
수영	그림처럼 아름다워서, 말하기 전까지 이상하다고 느껴지지도 않죠. 그냥 늘 그래온 것처럼

건하   여긴 뭐예요… 대체?

수영   이렇게 예쁜 건, 그렇게 꿈꾸고 그려왔으니까. (어린아이의 목소리가 겹쳐 들린다) 엄마가 있는 곳은 눈부시게 예쁘고, 조용한 마을이길, 그곳의 사람들은 모두 착한 사람들뿐이고, 엄마는 그곳을 지키는 천사가 되어, 건하를 기다려주세요.

별처럼 빛나던 조명이 모두 꺼지고 핀 조명만 남는다. 건하는 당황하고 놀란 표정으로 수영의 얼굴을 본다. 수영은 건하를 바라보며 아이의 목소리에 대답한다.
이때, 건하의 어린 시절인 아이 목소리를 유림 역할의 배우가 무대 뒤에서 연기할 수 있다.

아이   (목소리) 엄마, 그래줄 거죠?

수영   그럼 당연하지.

아이   (목소리) 엄마, 많이 아파요?

수영   괜찮아. 엄마가 가는 곳에서는 더 이상 아프지 않을 거야.

아이   (목소리) 엄마가 너무 보고 싶어지면 어떡해요?

수영   엄마가 있는 곳에서는 어른이 될 수 없으니까, 훌륭한 어른이 되어서 와야 해. (사이) 건하는 커서 뭐가 되고 싶어?

아이	(목소리) 코난이요! 탐정이죠.
수영	정말? 우리 건하는 성이 명씨니까, (살짝 웃으며) 명탐정 맞네?
아이	(목소리) 우와! 난 명탐정 코난이다! 엄마 최고!

수영은 건하를 향해 환하게 웃어준다. 조명이 다시 반짝인다.

건하	엄마… 예요?
수영	(끄덕인다)
건하	미카엘…
수영	미카엘 천사. 너의 세례명이었지.
건하	이 마을… 탐정… 다 제가 말한 대로 이루어졌네요.
수영	여긴 그런 곳이야. 건하가 말한 대로 다 이루어지는 곳. (웃으며 팔을 벌린다)
건하	(수영의 옆에 앉아 살짝 안긴다) 엄마랑… 여기 있으면 안 돼요? 이곳에 있으면 마음이 편해요. 이곳의 분홍빛은 따뜻하고 평화로워요.
수영	(품에 안긴 건하를 떼어 어깨에 손을 얹은 채) 조금 더 큰 어른이 되어 돌아와 줄래? 엄마는 얼마든지 기다릴 수 있어.
건하	(고개를 젓는다) 전 벌써 어른이에요.
수영	(고민하다) 아버지를 이해할 수 있을 만큼 어른이 되어

서 다시 돌아와 줘.

건하   아버지는…

수영   아버지도 기다리고 있을 거야.

건하   내가 아버지를 얼마나 기다렸는지 모를 거예요.

수영   아빠 바보처럼 건하의 어릴 적 꿈을 기억하고 있었나
봐. 건하의 꿈을 이루어주고 싶어서, 서툴지만 노력했
어. (미소 지으며) 명탐정 건하를 위해서.

건하   엄마아… 저는 (사이) 너무 외롭고 힘들어요.

수영   걱정하지 마. 항상 지켜줄 거야. (사이) 지금처럼.

건하, 입술을 살짝 깨물다 고개를 한번 천천히 끄덕한다. 다시
수영을 꽉 끌어안는다.

암전.

파도소리와 함께 신비한 음악소리가 다시 들려온다.
암전 상태에서 목소리만 들린다.

아저씨   (목소리) 좋은 여행이셨나요? 먼 훗날 다시 만나요. 오
랜 시간 후에. (사이) 아 그땐, 웃는 얼굴로 만나요. 슬픈
얼굴 말고.

파도소리가 한번 더 시원하게 들린다.

민규   (목소리) 건하야! 정신 들어?

음악 페이드아웃.

8장 (에필로그)

무대에는 책상과 그 옆에 바퀴 달린 의자가 있다.
책상 위에는 1장의 모습처럼 명패와 전화기가 올려져있다.

수영은 의자에 앉아 있고, 현석은 책상에 살짝 걸터앉아있다.
이때 현석에 의해 관객은 명패를 볼 수 없다.

조명이 서서히 켜진다.

수영, 현석에게 녹음기를 건네준다.

현석   (녹음기를 받아 버튼을 누르고) 아들. 어… 건하야. (사이) 아
빠야. (사이) 미안해.

현석은 녹음기를 들고 갸우뚱하며 어색한 웃음을 짓는다.

수영   사랑한다고 해야지.

현석   (녹음기 버튼을 다시 누르고 고개를 저으며) 건하가 싫어할

거야.

수영　또! 일단 해. 피하지 말구.

현석　건하가… 싫어할 거 같은데…

수영　기다릴지도 모르잖아. (장난스레 쏘아보며) 진짜 바보.

현석　편지로 써볼까?

수영　목소리를 들려줘야지. 시간이 좀 더 흐르면, 건하도 아빠의 마음을 알아줄 거야.

현석　(수영을 가만히 보다 뛰쳐나가며) 나 혼자 해볼게! 쑥스러워!

수영　(일어나 따라 나가며) 아 왜, 같이 같이~ 부부는 언제나 함께하는 거 몰라? 당신이 나 찾아왔잖아!!

조명이 어두워지며 핀 조명이 명패를 비춘다.

명패에는 '탐정 명건하'라고 적혀있다.

서서히 암전.

음악 : [명탐정 코난 테마곡]

밤낚시

안상욱

멘토 김성희

등장인물

한 실장	31살. 공 회장의 비서. 양 사모를 사랑한다.
양 사모	27살. 공 회장의 내연녀. 임신 8개월이다.
공 회장	65살. 재벌기업 회장. 씨 없는 수박(?)이다.
경 마담	39살. 룸살롱 마담. 공 회장의 양녀이다.
배 선장	52살. 선장이자 낚시꾼. 살인청부업자이다.
원주민 엄마	40살. 배 선장의 아내. 무인도의 주인이다.
원주민 아들	8살. 배 선장의 아들. 아빠를 기다린다.

시간

어두컴컴한 가을밤.

장소

무인도

무대

SL에는 뱃머리가 있고, SC 뒤쪽에는 검은 샤막이 있다. SR
에는 갈대숲으로 위장한 작은 바위섬이 있다.

프롤로그

조명 켜지면 검은 샤막 뒤로 5명의 실루엣이 보인다. 이들의
대화가 변조된 음성으로 들려온다.

(A)   이번에도 월척 한 번 낚으셔야죠!

(B)   될 수만 있다면 내 한 몫 두둑하게 챙겨 주겠네.

(C)   절대 먼저 움직이지 마.

(D)   걱정 마. 내가 항상 주시하고 있을 테니까.

(E)   배가 왜 갑자기 고장 난 거지? 게다가 하필이면 귀신
      이 저주를 내렸단 소문이 있는 섬으로 말야. 왠지 모를
      불길한 느낌이… 잠깐! 지금 뭐가 지나간 거지?

암전. 조명 밝아지면 검은 샤막의 위아래 배경이 밤하늘과 밤
바다로 변한다. 원주민 엄마와 아들이 무대 오른쪽 바위섬으
로 재빨리 들어가서 몸을 숨기듯이 쪼그려 앉는다.

아들   엄마, 오늘은 절벽까지 뛰어 올라왔어!

엄마, 숨을 헐떡이는 아들의 입을 막는다.

무대 왼쪽 뱃머리가 보이는 바닷가 쪽에서 사람들의 웅성거리는 소리가 들린다.

엄마, 소리 나는 쪽으로 귀를 기울인다.

아들, 그런 엄마를 이상하게 보며 치맛자락을 움켜잡고 있지만 어느새 호기심 어린 눈으로 엄마가 바라보는 시선을 따라간다.

아들　아빠 왔어?

순간 갈매기 우는 소리에 모자가 엉덩방아를 찌고 엄마는 넘어진 채 아들의 입을 끝까지 막는다.

엄마　쉬~! 쉬~! 쉬하라고 '쉬~!' 몰라?

아들　(뒤돌아서 자세를 취하더니) 쉬 안 마려운데…

엄마　쉬~! 질문 좀 그만해… (바닷가 쪽에 귀를 기울인다)

아들　오줌은 참아도 궁금한 거는 못 참겠는데…

엄마　(한숨) 궁금한 게 몇 개인데?

아들　(양 손가락을 접었다 피기를 반복하더니) 저녁 먹기 전까지는 304개였는데 지금은 305개 됐어.

엄마　참아.

아들　오줌은 참고 있어.

엄마	⋯ 알겠어. 마지막 추가된 질문 하나만 받을게.
아들	(손가락으로 바닷가 쪽을 가리키며) 저 사람들 여기 왜 온 거야?
엄마	(손으로 망원경을 만든다) 밤낚시, 밤낚시 하러⋯
아들	밤낚시? 여기서?
엄마	됐지? 이제 질문 끝! 저기 가서 오줌 싸고 와.

이때 개 짖는 소리가 들린다.
아들, 두 손으로 귀를 막고 경기를 일으킨다.
엄마, 아들을 끌어안으며 진정시킨다.

아들	쉬~, 쉬~, 괜찮아.
엄마	엄마⋯ 나 쉬했어.
엄마	하여튼 저 개새끼는 갑자기 짖고 지랄이야!
아들	빨리 바다 가서 바지 빨래해야 되는데⋯
엄마	오늘은 그냥 여기서 말리자. 이따 상황 봐서 불 피울게.
아들	그냥 저기 사람들한테 가서 같이 빨래도 하고 불도 빌리면 안 돼?
엄마	안 돼. 질문 그만하고 그만 자자.
아들	그럼⋯ 왜 가면 안 되는지만 알려주면 바로 잘게.
엄마	정말? 진짜지. 너 약속해.

엄마, 새끼손가락을 들어 올린다.

아들, 새끼손가락을 건다.

엄마, 손에서 오줌 냄새가 나는지 바닥에 손을 비비다 주변을
두리번거리며 서성이더니 뭔가를 주워서 올린다.

엄마   지렁이다!

아들   (자지러지며 뒤로 도망친다) 엄마!!!

엄마   쉬~! 밤낚시를 하려면 이런 살아있는 미끼를 내야 돼.
어때?

아들   그냥 톱밥 같은 걸로 하면 되지. 살아있는 걸로 왜 해?

엄마, 자리에서 일어나 마치 구연동화를 하듯이 얘기한다.

엄마   바보야! 너 같으면 횟집에서 주인이 "어서 오세요. 저
희 집에 살아 있는 생선이랑 죽어 있는 생선 있는데 어
떤 거 드실래요?" 이러면 "그래요? 그럼 저는 죽어 있
는 생선 먹겠습니다. 혹시 부패된 건 없나요?" 이러니?
아무리 생선 대가리라고 해도 쟤들도 우리랑 똑같아.

아들   나는 날로 먹는 거 별로 안 좋아하는데…

엄마   그러니깐 엄마가 매일 불 피우느라 열 받아 있는 거야.
하튼 쟤들도 죽은 미끼는 잘 안 물어. 그걸 무는 애들
은 대부분 실수로 걸리는 거야. 게다가 밤이니깐 미끼

가 가만히 있으면 생선들이 얼마나 잘 안 보이겠어?

아들, 갑자기 두리번대다 징그러워하면서도 지렁이를 집어
든다.

엄마　뭐하는 거야?

아들　나도 낚시하려고. 저 개새끼. 살아 있는 미끼로 잡을
　　　거야.

엄마　개는 달라. 덩치가 커서 혼자서는 못 해. 사람들이랑
　　　같이 잡아야 해. (자리에 앉는다)

아들　… 왜 사람들이랑 같이 잡아야 해?

엄마　아이 참! (다시 벌떡 일어나며) 진짜 이 얘기만 마지막으
　　　로 하고 쉬~!

아들　(고개를 끄덕이며) 쉬~!

엄마　일단 개가 잘 때까지 기다려. 그 다음에 사람들이 안
　　　볼 때 그 개새끼를 '뻥!' 차는 거야. 그러면 개가 미친
　　　듯이 짖게 돼 있어. "월! 월! 월! 월!" 그때 사람들한테
　　　말하는 거지. "이 개새끼 보세요! 가만히 있는 사람을
　　　물어요!" 그럼 같이 잡으면 돼. (할머니 말투로 장난스럽게)
　　　"얘야, 된장 발라라!"

아들, 엄마의 묘사를 보며 킥킥대다 자리에서 일어나 어디론

가 가려고 한다.

엄마   (아들을 막으며) 어디 가!

아들   사람들한테 도움 받으려고. 밤낚시 하는 법을 배워야
겠어. 낮에는 개가 한숨도 안 자니깐 못 잡겠어.

엄마   안 돼! 너 또 여기서 나가고 싶어서 그렇지?

이때, 개 짖는 소리가 들린다.

엄마, 분노가 폭발한다.

엄마   저 개새끼들이 또 짖고 지랄이야!

아들   엄마…

엄마   왜?

아들   쉬~!

암전.

조명 밝아지면 샤막에 임산부의 검은 실루엣이 보인다.

잠시 후, 절벽 아래로 떨어진다. '풍덩!' 암전.

1장. 은폐

무대 왼편에 뱃머리에서 입에 손전등을 물고 주변을 비추는
정장 차림의 남자, 한 실장이 등장한다. 바닥에 발을 헛디뎌서
휘청거리다 자세를 다잡는다.

한 실장   (뒤를 돌아보며) 아버지, 조심하세요. 발밑이 어두워서 잘
안 보입니다.

휠체어를 타고 있는 공 회장이 모습을 드러낸다.
한 실장, 공 회장을 부축하는 모습이 어설프다.

공 회장   고마워, 한 실장. 그런데… 공과 사는 구분하지?
한 실장   … 죄송합니다. 공 회장님.
공 회장   (한 실장의 등을 두들기며) 한 실장은 언제까지 어설픈 게
없어지려나? 잠깐! (뒤에서 누군가를 끌어당기며) 레이디
퍼스트!

공 회장의 손에 이끌린 양 사모가 등장한다. 그녀는 만삭의

몸으로 움직임이 무거워 보인다.

한 실장, 양 사모에게 손을 뻗는다.

양 사모, 한 실장을 무시하고 지나치다 휘청거린다.

춤추듯이 한 실장에게 안기는 양 사모, 얼른 몸을 뺀다.

양 사모 앞에서 걸리적거리지 좀 마요.

공 회장 그러게 조심하라니깐? 원래 등잔 밑이 어두운 법이야.

한 실장, 멋쩍은지 가만히 서 있다.

한 실장과 양 사모 사이에 어색한 분위기가 감돈다.

공 회장 밤낚시라. 오늘 기대되는데? (양 사모의 배를 만지며) 너도 기대 되지?

공 회장, 낄낄대자 양 사모가 부끄러운지 고개를 숙이더니 휠체어를 밀고 퇴장한다.

한 실장, 그런 양 사모의 뒷모습을 계속해서 바라본다.

이때 낚시 장비를 들고 있는 배 선장이 부산스럽게 등장한다.

배 선장 하필이면 배가 고장 나고 지랄이여 니미 씨부럴. 아이고, 깜짝이야! 회장님 수행비서라 했는가?

한 실장 (재킷에서 명함을 꺼내며) 실장입니다, 한 실장. 아까 배에서도 세 번이나 인사드렸는데… 배 선장님은 얼마 전부터 회장님 밤낚시를 도와주셨다고 들었습니다. 오늘도 잘 부탁드립니다.

배 선장 오늘은 경 마담한테 섭외 받았어. (명함을 힐끔 보더니 찢어서 날린다) 어두워서 하나도 안 보이네. 아니, 저번에 동해에서 참치를 한 번 잡으시더니 그때부터 꼭 같이 다니자고 하시네. 나를 앞으로 아들처럼 생각하신다나 뭐라나?

한 실장 (배 선장을 훑어보며) … 아들… 이요?

배 선장 그래서 나 같은 띠 동갑 아들 낳으시려면 참치가 아니라 고래를 빨리 잡으셨어야 됐다고 했지.

배 선장, 낄낄댄다.
한 실장, 무슨 소린지 이해가 안 가는지 바라만 본다.
배 선장, 무색한지 얼른 낚시 장비를 건넨다.
한 실장, 무게가 나가는지 비틀거린다.

배 선장 회장님이 사람을 좀 빠르게 믿으시더라고. 성격이 급하면 낚시 잘 안 맞거든. 조심해서 옮겨. 아까도 보니깐 트위스트 계속 추던데 여가 무슨 밤무대도 아니고. (자리를 뜨려 한다)

한 실장 (힘을 줘서 똑바로 서더니) 근데 아까부터 왜 반말입니까?

배 선장 나가 시방 존대할 시간이 없어. 빨리 가서 찌 안 보이게 은폐해야 돼. 생선 대가리라고 해도 고기들이 생각보다 은근히 머리가 좋아. (의미심장하게) 어떻게 하면 찌에 안 걸리고 미끼만 먹을까 생각들뿐이라고.

배 선장, 미소를 띠며 자리를 뜬다.
한 실장, 배 선장을 노려보다 한숨을 쉬는데 다리가 풀렸는지 자기도 모르게 비틀거린다.
이때 뱃머리에 모습을 보이는 경 마담이 등장한다. 그녀는 낚시터와는 안 어울리는 화려한 원피스를 입고 있다.
한 실장, 경 마담을 바라보고 있다.

경 마담 … 그렇게 예뻐? 알아. 손.
한 실장 손?

경 마담, 손 내민다.
한 실장, 경 마담을 따라 손 내민다.
경 마담, 한 실장의 손을 잡고 뱃머리에서 내린다.

경 마담 야, 이 새꺄! 왜 손 떨어. 왜 떨고 지랄이야? 내… 내가 무거워?
한 실장 … 아니, 아니에요! 뭐가 무거워요?

경 마담 그럼… 내가 무서워?

한 실장 … 아니 뭐, 뭐가 무서워요?

경 마담 너 나 좋아하는구나?

한 실장 (무시하며) … 근데 여기 사람 아무도 없는 무인도 맞아요? 사람 사는 흔적들이 있는 것 같은데…

경 마담 한 실장, 너는 이 섬에 흉흉한 소문 못 들었구나?

한 실장 무슨… 소문?

경 마담 귀신이 살지 않는 이상 어떻게 무인도에 이렇게 사람 흔적들이 있겠어? 근데 예전부터 회장님이 사람 없는 곳을 워낙 좋아하시니깐.

배 선장, 씩씩대며 다시 등장한다.

한 실장, 놀라서 몸을 뒤로 빼다가 다시 비틀댄다.

배 선장 이게 귀신이 들렸나, 굿 하냐? 빨리 안 갖고 오고 뭐해? 회장님 성격 급하셔서 물에 들어가신다고 난리다!

한 실장 (가까스로 다시 자세를 잡는다) 저기, 자꾸 반말하지 마!

배 선장 뭐여? (손바닥을 위로 올리며) 이 호로 새끼가.

한 실장 … 요!

경 마담 선장, 선장은 오늘 일 잘 끝내고 돈만 받으면 돼.

배 선장, 경 마담을 위에서 아래로 훑어보더니 한 실장의 엉덩이를 꼬집는다.

한 실장, 놀라서 소리치며 낚시 장비를 배 선장에게 던진다.

배 선장, 가볍게 낚시 장비를 받는다.

배 선장 내 처자식이 있어서 참는다. 너 같이 상투도 안 튼 피라미 새끼는 그물에 걸려도 다시마 국물도 안 나와서 바로 방생이야, 알아?

배 선장, 퇴장.

경 마담, 한 실장을 지나치는데,

한 실장 누나 너.

경 마담 (자리에 멈춘다) 그 얘기… 오랜만에 듣는다?

한 실장 잘 들어. 난 오늘 밤, 저 배를 타고 이곳을 떠날 거야. 그냥 딱 한번만 눈 감아 주면 안 돼?

경 마담 (한 실장에게 다가오며) 잘 들어. 너랑 저 계집애랑 애 낳고 화목하게 살라고 지금 우리가 여기 모인 게 아니야. 사사로운 감정 때문에 내 30년 숙원 사업 망치지 마.

한 실장 부모님 죽이고 지 인생 망치게 한 사람한테 복수심을 느끼는 건 사사로운 감정이 아니고?

경 마담 (씁쓸하게 웃으며 한 실장의 몸을 쓰다듬는다) 대체 저년은 무슨 매력이 있길래 회장님 애첩 된 것도 모자라서 우리

한 실장까지 이렇게 바보 병신으로 만들었을까? 소문
대로 밤일을 잘 하나?

한 실장 (살짝 느낌이 오는지 몸을 부르르 떨다 경 마담의 손을 확 뿌리치
며) 뱀 같은 혀 놀리지 마. 확 잘라서 회 떠먹어버리기
전에.

경 마담 알지? 쟤 내 새끼마담 할 때 내가 키스부터 뿅 가게 하
는 것까지 실습 시킨 거. 아, 그럼 이것도 알겠네. 저년
이 백 회장 스파이였던 것도 말이야.

한 실장 왜 모르겠어. 누나 너, 옛날에 백 회장네 식구들한테
마약 팔다 걸려서 섬으로 팔려갈 뻔했는데 아버지가
구해줬잖아. 그게 누구 덕인지는 알아? 다 양 사모님
덕분이야.

경 마담 사모님은 니미… (몸을 부르르 떨다 고개를 돌린다) 근데 저
년 뱃속에 있는 애는 진짜 누구 애일까? 만약, 니 아버
지 애라면 너는 동생을 아들로 키워야겠네.

한 실장 … 아버지는 무슨. 피 한 방울도 안 섞였구만.

경 마담 피는 물보다 진하고 돈은 피보다 진하다. 고아원에서
빼내줘서 지금까지 키워줬는데 기른 정은 인정해야지.
잠깐, 그러면 너는 새엄마랑 눈이 맞은 패륜아가 되는
건가?

한 실장 그거 알아? 양 사모님은 최소한 이놈 저놈한테 붙어먹
다가 배신당하지는 않아.

경 마담 … 피 한 방울 안 섞인 동생아. 내 충고 하나 해줄까? 원래 배신은 욕심이 안달나서 상대방 칼날이 자기 몸뚱이에 들어오는 줄도 모르고 자기 스스로 기어 들어가야 당하는 거야. 처음에는 남들이 나를 쑤시는 줄 알지만. (고개 저으며 비웃음) 난 먼저 쑤시면 쑤셨지 내가 먼저는 절대 안 기어가.

한 실장 정말… 아버지 죽일 거야?

경 마담 (의미심장하게) 너… 밤낚시가 뭔지는 알아?

한 실장 …?

경 마담 그 멍청한 표정도 오랜만에 보네. 우리 오늘, 잘 해보자.

경 마담, 한 실장에게 진한 키스를 하고는 자리를 뜬다.

한 실장, 손가락으로 입술을 만지는데 뒤편에서 인기척이 들리자 바지 뒤춤에서 총을 꺼내 겨눈다.

한 실장 누구야!

한 실장, 주변을 살피는데 아무도 없자 조심스럽게 다시 총을 집어넣는다. 한숨을 뱉으며 한참동안 깊은 생각에 잠기는 이때, 멀리서 여자의 비명 소리가 들린다.

암전.

2장. 미끼

무대 중앙에서 공 회장을 중심으로 경 마담, 배선장이 낚싯대
를 관객석 쪽에 놓고 나란히 앉아있다.
공 회장, 곁눈질로 경 마담을 힐끗 힐끗 쳐다본다.
경 마담, 시선을 느꼈는지 옷매무새를 다잡는다.

공 회장　경 마담, 낚시의 첫 번째 철칙이 뭔지 알아? "상대가
먼저 움직일 때까지는 절대로 움직이지 마라."

경 마담, 키득키득 웃기 시작한다.

공 회장　허파에 바람 들면 칼로 구멍 내서 빼야 되는데…
경 마담　낚시가 회장님 성격이랑 잘 맞으실 것 같아서요.

둘 사이에 정적이 흐른다.
공 회장, 헛기침을 한다.
배 선장, 웃음을 참는다.

공 회장 밤낚시는 달라. 대부분 낮에 낚시하는 것처럼 미끼를 깊게 넣는데 밤이 되면 고기들이 위로 올라오지. 그래서 미끼를 얕게 놓아야 잡을 수 있어. 마치 밤이 되면 우리 안에 있는 욕망이 올라오는 것처럼 말이야.

경 마담 (오버스럽게 박수를 치며) 어머! 너무 멋있으시다. 회장님 못 보던 사이에 시인이 되셨네요? 시집 내셔도 되겠어요.

공 회장 그러고 보니 우리 시집 안 간 경 마담 환자 본 지도 오래 됐네.

경 마담 (헛웃음) 사모님은 아이를 낳고 오시나 봐요?

공 회장 잠깐 화장실 간다고 배에 갔는데. 아이가 자꾸 방광을 누른다나봐.

배 선장 아니! 천지 깔린 곳이 화장실인데, 제 배에 허락도 없이…

공 회장, 노려본다.
배 선장, 시선을 느꼈는지 헛기침을 하더니 가래를 뱉는다.

경 마담 양 사모님 없어서 하는 말인데 회장님 정말 대단하시네요. 백 회장님은 얼마 전에 손자 보셨다는데 공 회장님은 아들을 보시잖아요. (낄낄대며) 그런데 아직도 예전처럼 거사 치르시다가 중간에 코 골고 주무시지는 않죠?

배 선장, 키득거리다 공 회장과 눈 마주치자 가래를 삼킨다.

공 회장 몽둥이 좀 갖고 와야겠다. 경 마담 오랜만에 한 번 혼
내주게.

경 마담 (혼잣말로) 몽둥이는 무슨… 물에 불린 덴뿌라라던데…

공 회장 뭐가 어쩌고 어째!

경 마담 어머, 지금 화내시는 거예요? 에이, 농담인데 화내시는
거 보면 농담이 아닌가 봐요?

공 회장 (멋쩍게 웃으며) 하하하. 아니! 일본말을 쓰니깐 그렇지!
덴뿌라가 아니라 오뎅!

배 선장 회장님… 어묵.

배 선장, 아차 싶다.
공 회장, 호탕하게 웃는다.
배 선장, 따라 웃는다.
이내 웃음이 멈춘다. 이때 중앙에 놓인 공 회장의 낚싯대가
휘어진다. 뭔가 엄청난 것이 걸린 듯하다.
일동, 관객석에 앉아 있는 한 명에게 시선이 꽂힌다.

배 선장 낚싯대가 꺾어집니다! 엄청 큰 고기인가 보네요!

공 회장 잠깐… 고기가, 뭔가 이상하게 생겼는데? 대가리가 좀 크고, 눈은 쫙 찢어지고, 몸통은… (놀라며) 지금 산란기인가? 알을 엄청 많이 뱄네. 꼬리는 또 왜 이렇게 짧아!

배 선장 미끼를 무진장 처먹어서 그런 것 같은데요?

공 회장 안 되겠다. 배 선장, 들어가 봐.

배 선장 … 잘 못 들었습니다.

공 회장 밤이라 잘 안 보여. 들어가 봐.

배 선장, 한숨을 삼키며 윗옷을 벗고 들어갈 준비를 한다.

경 마담 (객석 쪽으로 목을 쭉 빼더니) 저거 고기 맞아요?

경 마담, 비명을 지르며 뒤로 화들짝 넘어진다.
공 회장, 휠체어를 타고 앞으로 가본다.

공 회장 저거… 사람 같은데? 발가벗은 채로 퉁퉁 불었어!

배 선장 피부가 부패되지는 않고 살아 있는 걸 보니 그렇게 오래 되지는 않은 것 같은데… 그럼, 회장님.

공 회장 뭔가?

배 선장 저는 그럼 이제 안 들어가도 되죠?

공 회장, 배 선장을 노려본다.

배 선장, 한숨을 뱉으며 벗던 옷을 마저 벗는다.

이때 헐레벌떡 달려오는 한 실장 등장한다.

한 실장　회장님!

한 실장, 배 선장에게 총을 겨눈다.

배 선장, 양 팔을 하늘 위로 번쩍 든다.

한 실장, 다리가 후들거리는지 비틀거리자 공 회장과 경 마담에게까지 총구를 겨눈다.

일동, 소리치며 총구를 피한다.

공 회장　저게 미쳤나!

한 실장　저 새끼 조심하세요. 배 선장 배에서… 사람… 팔, 다리…

공 회장　그 가스총은 또 어디서 났어?

한 실장　사람의 잘린 팔, 다리가 나왔다고요! 그리고 이거… 가스총 아니에요. 사냥용 권총입니다. 제가 낚시랑 사냥의 차이를 잘 몰라서 갖고 왔습니다.

경 마담　잠깐! 한 실장, 그러지 마.

배 선장　마담. 이게 무슨 일이여? 우리 같은 편이람서?

공 회장　… 같은 … 편?

경 마담 잠깐만요!

경 마담, 공 회장 쪽으로 조심스럽게 다가온다.

경 마담 우린 다 같은 편이죠.
한 실장 그럼 배 얼음 창고에 있는 건 뭐야?
경 마담 … 한 실장, 도대체 무슨 소리야? 정신 못 차리는 거 보니 혹시 마약이라도 한 거야, 뭐야?
배 선장 아, 아니… 그게… (경 마담에게) 이거 얘기가 다르잖아?
한 실장 (총을 겨누며) 빨리 말해! 배도 고장 난 거 아니지? 너, 이 새끼 백 회장이 보낸 스파이지! 안 그래도 생선 대가리 같이 생겨서 재수 없었어.

이때 저 멀리서 풍덩하는 소리가 난다.

공 회장 … 움직였다. 우리도 움직이자.

한 실장, 무슨 영문인지 어쩔 줄을 몰라 한다.
배 선장, 갑자기 한 실장을 밀치고 다른 곳으로 달려간다.
'탕!' 한 실장의 총에서 화염과 연기가 뿜어져 나온다. 허공을 향하고 있는 총구.
배 선장, 멈춘 채 뒤를 돌아본다.

공 회장, 한 실장에게 다가오더니 손바닥을 내민다.

공 회장 고기들 놀란다. 총 내놔.

한 실장, 고민하더니 공 회장에게 총을 겨눈다.

공 회장 (고개를 젓는다) 내가 낚시를 좋아하는 이유를 아나? 물
에 사는 것들은 단순해. 먹이를 주면 먹으러 오지. 그
런데 뭍에 사는 것들은 먹이를 주면 먹으러 온 다음에
먹이를 주는 손까지 먹으려고 해.

한 실장 아버지, 요즘 시인 준비하세요? 많이 감상적으로 변하
셨네요. 하지만 전 현실적이어서요. 지금 이 일이 무슨
일인지 알아야 되겠어요.

경 마담, 한 실장의 눈치를 본다.
한 실장, 낚싯대에 걸려 있는 뭔가(관객석에 앉아 있는 한 명)
를 확인하더니 헛구역질 한다.
배 선장, 이때를 놓치지 않고 한 실장과 몸싸움을 벌인다.
공 회장, 바닥에 떨어진 총을 줍는다.
한 실장, 배 선장에게 꼼짝없이 제압당한다.
공 회장, 한 실장에게 총을 겨눈다.
한 실장, 두 눈을 꼭 감는다.

공 회장   자, 이제 밤낚시 하러 가자!

암전.

3장. 입질

무대 가운데에서 무릎을 꿇고 있는 한 실장.

그 앞에는 그물에 걸려 있는 사람의 팔과 다리 조각이 놓여
있다.

배 선장, 낚시 낫을 한 실장에게 겨누고 있다.

공 회장, 말없이 휠체어를 타고 무대 양쪽을 돌아다닌다.

경 마담, 땅을 보며 눈치를 재고 있다.

한 실장 아까 회장님 낚싯대에 걸려 있던 사람이 팔다리가 없
던데… 이거였나 보네요.

공 회장 낚시의 두 번째 철칙. "잡은 고기한테는 절대로 먹이를
주지 않는다. 하지만! 그 전까지는 계속 줘야 된다." 생
미끼를 이렇게 던지니 먼저 안 움직일 수가 없지.

배 선장 어떻게… 다 처리할까요?

배 선장, 자세를 고쳐 잡는다.

한 실장, 놀란 눈으로 경 마담을 바라본다.

공 회장, 고개를 끄덕이자 배 선장이 낚시 낫을 치켜들더니

경 마담에게 겨눈다.

경 마담, 겁을 먹고 벌벌 떨고 있다.

공 회장 배 선장은 최근에 만난 친구 치고 심부름을 기가 막히게 잘 하더라고. 낚시도 잘 하고 솜씨도 좋아서 데려왔는데. 선장은 아마 평생을 살면서 낚싯대로 고기를 잡아 본 적이 없다지?

배 선장, 낚시 낫을 휘두른다. 꽤나 위협적이다.

경 마담, 비명을 지른다.

경 마담 배 선장 이 개새끼…

배 선장 마담은 예쁜 얼굴이랑은 다르게 아가리에서 똥내가 풍기네. 상판을 확 긁어서 어울리게 해줄까나?

공 회장 넌 호시탐탐 나를 죽이려고 안달법석이었던데… 이년은 어디다 빼돌렸어?

경 마담 무슨 말씀이신지? 이년이라뇨?

공 회장 양양은 어디 갔냐고!

경 마담 저 계속 회장님이랑 같이 있었잖아요!

한 실장 … 사모님 어디 갔는지는 제가 묻고 싶은데요?

공 회장, 총을 꺼내서 한 실장에게 겨눈다.

공 회장 너희 셋이 한 패야? 안 그래도 양양 이년이 언제부턴가 나를 피하더라고. 바로 자네를 소개시켜 준 이후부터 변하기 시작했어. 내가 씨 없는 수박인 걸 모르고 임신해서 좋다 생쇼를 부렸지. 뒤를 캐볼 수도 있었지만 그러지 않았어. 왜인 줄 아나?

한 실장, 다리가 풀렸는지 그 자리에 옆으로 주저앉는다.

한 실장 잠깐만요, 사모님이 저를 만났다고 말했다고요? 회장님… 진정하시고 제 말 좀 들어보세요. 일단, 경찰에 저 선장 새끼 신고하시고 사모님 찾아서 다시 얘기하시죠. 지금 사모님이 위험해요!

공 회장 내가 그 애를 여태까지 왜 데리고 있었는지 알아? 백 회장한테 그동안 내 약점들 다 얘기하고 다니면서 이중 스파이 짓했다 팽 당해서? 아니면, 나 몰래 내 양아들이랑 붙어먹어서? 아니야… 그냥 확인하고 싶었어. 내 두 눈으로 똑똑히 말이야. 나를 속인 것이 진짜인지 아닌지. 왜 그랬는지는 중요하지 않아. 이 바닥에서 '왜'라는 그런 감상적인 따위의 것들은 사라진 지 오래 됐으니 말이야.

한 실장, 공 회장이 이미 다 알고 있었다는 사실에 충격을 받

앉는지 혼잣말을 중얼거린다.

배 선장 저거는 맛이 간 것 같은데 먼저 시마이 칠까요?

공 회장 자네는 나가서 내 낚시 장비나 좀 챙겨주게. 난 선장이 부럽구먼. 좋은 섬에 살아서 말이야. 댁이랑 아들은 잘 크고?

배 선장 다 회장님 덕분이죠. 매년마다 공양도 도와주시고. 그래서 그런지 바다신이 도와주나 봅니다. 섬 주변에 철마다 고기들이 들끓으니 말이죠.

공 회장 너희들 선장이 어떤 사람인지 아나? 그동안 다양한 고기들을 잡으신 유명한 낚시꾼이시지!

배 선장 근디… 사모님은 어떻게 처리할까요?

공 회장 어차피 이 섬 안에서 멀리 못 벗어났을 테니깐 금방 찾을 거야. 미끼로 처리할 건가? 아니면 저번처럼 공양할 건가?

배 선장 뭐니 뭐니 해도 고기들은 사람 생살 미끼를 제일 좋아합니다.

공 회장 그래, 근데 아까 보니깐 뒤처리는 좀 더 깔끔하게 해야겠더라.

배 선장 명심하겠습니다. 원래 미끼만 찾아서 올려다 놓으면 애 엄마가 알아서 그물에 걸어 놓는데 미친 여편네가 이번에는 실수를 했나 봅니다.

공 회장 그럼 자네 가족들 얼굴이라도 좀 보고 오지 그래? 명심도 시킬 겸 말이야.

배 선장 서로 말 안 섞은 지 8년이 넘어갑니다. 그럼 저는 낚시 장비 챙기고 미끼 찾으러 나가보겠습니다.

배 선장, 인사하고 퇴장한다.
공 회장, 갑자기 추억에 잠긴 듯 상념에 젖더니 흐느낀다.
경 마담, 공 회장 앞에 무릎을 꿇는다.

경 마담 회장님! 제가, 제가 죽을죄를 졌습니다. 제가 죽을죄를 지은 게 하나 있다면… 질투를 느꼈습니다. 사모님이 너무 부러웠어요. 사모님이, 아니 그 여시 같은 년이 회장님 옆에 딱 붙어 있는 걸 볼 때마다… 그 자리는 원래 내 자리였는데…

공 회장 지금은 고해성사 시간이 아니야. 게다가 아까 말했지. 이유는 중요하지 않아.

한 실장 (혼잣말로) 지랄하네… 미친 새끼…

공 회장 (팔뚝으로 눈물을 닦는다) 그 전에 그년이랑 한 실장이랑 짜고 나를 죽이려고 했다는 말이 사실인지 확인하고 싶어.

한 실장 잠깐만… 그러면 회장님도 어디 있는지 모르신다면 대체 사모님은… 어디로 간 겁니까?

143

공 회장   확실한 건 그 아이는 오늘부터 앞으로 귀신이 될 때까지 이 섬에서 살 거란 사실이네. 이제 자네가 대답할 차례야. … 소문이 사실인가?

한 실장, 정신이 나간 듯이 고개를 절레절레 젓는다.
공 회장, 총구를 경 마담에게 겨눈다.

공 회장   그럼 경 마담이 나를 죽이려고 했나?
경 마담   아, 아니요! 그럴 리가요! 혹시 사모님이 그렇게 말씀하셨나요? 아마 백 회장 그 새끼가 시켜서 저랑 회장님 사이를 이간질 하려고 그랬을 거예요.
공 회장   백 회장? 백 회장은 좀 전에 봤잖아?
한 실장   설마… 물에 퉁퉁 불은?
공 회장   (고개를 들더니) 해가 뜨는구면.

공 회장, 씁쓸한 미소를 지으며 한 실장에게 다가온다.
한 실장, 눈을 질끈 감는다.

공 회장   내가 나이가 들 줄은 몰랐어. 자네들은 내 나이가 안될 것 같지? 하긴, 나도 그때는 그랬어. 늙으면 확실하지 않은 길은 전부 다 의심하게 되지. 열 길 물속은 알아도 한 길 사람 마음속은 모른다지만 그래도 확실하게 해 놓고 싶었어.

한 실장 (말이 끝날 때마다 자신의 뺨을 때린다) 제가 배은망덕한 놈
입니다. 불효막심한 놈입니다. 머리 검은 짐승 같은 놈
입니다. 제발 제게 은혜를 꼭 갚을 수 있게… 살려주세
요…

공 회장 사람들은 왜 이렇게 다 똑같을까? 자기 마음대로 살다
가 죽기 직전에 꼭 고해성사 하면서 뉘우친다. 심지어
내가 신부님도 아닌데.

경 마담 그야 공 회장님께서 저희들에게는 신과 같은 존재라
서 그렇죠. 안 그래, 한 실장? 우리의 마음을 확실하게
말씀드려야지.

한 실장, 눈치를 본다.
경 마담, 눈치를 준다.

한 실장 제 진정한 아버지십니다! 낳는 건 누구나 낳습니다. 내
깔리면 부모입니까? 한낱 욕정 때문에 불장난 하다 타
버리는 불나방들은 사람이 아니라 짐승입니다. 아니,
짐승만도 못 하죠. 저를 앞으로 한 실장이라고 부르지
마시고 공 실장이라 불러주십시오.

공 회장, 그제야 호탕하게 웃는다.

한 실장과 경 마담이 따라서 웃는다.

공 회장 한 실장, 자네 배도 운전할 줄 아는가?

한 실장 … 네? 배요? … 배는 한 번도 해 본 적 없습니다(옆에서 경 마담이 툭 친다)만은 회장님이 시키시는 일이라면 목숨 바쳐서 해보겠습니다!

공 회장 나는 배를 운전해보는 게 소원이었어. 시동 걸고 움직일 수는 있는데 알다시피 내가 워낙 방향치 아닌가. 자네가 필요한데 나 좀 도와주겠는가?

한 실장 제가 원래 인간 내비게이션입니다!

공 회장 좋아! 밤낚시는 오늘 이쯤에서 끝내고 우리 먼저 뜨지. 선장은 일 끝내고 알아서 올 거야. 아, 그리고 이거 자네에게 돌려주겠네. 우리도 원래 자리로 돌아가지. 여기서 일어난 일은 여기에 두고 말이야. 난 백 회장한테 마지막으로 작별 인사나 하고 배로 가겠네. 그럼 마무리할 얘기들 나누고 좀 이따 보자고.

공 회장, 한 실장에게 총을 돌려주고는 스스로 휠체어를 밀고 퇴장한다.

한 실장과 경 마담이 긴장이 풀렸는지 자리에 철퍼덕 앉는다.

둘 사이에 정적이 흐른다.

경 마담 미안해… 선장이 배신할 줄은 꿈에도 몰랐어…

한 실장 … 죽었을까?

경 마담 … 뭐?

한 실장 사모님 말이야. 사실 아까 배에서 그랬거든. 혼자서라도 공 회장 죽이겠다고… 같이 죽이자고 나한테 그랬는데… 내가 못하겠다고 했어.

경 마담 "잘 들어. 난 오늘 밤, 저 배를 타고 이곳을 꼭 떠날 거야. 그냥 딱 한번만 눈 감아줘."라고 말한 거는 뭐야 그럼?

한 실장 (고개를 저으며) 누나 너랑 비슷해. 그냥… 그 아이가 아버지랑 같이 있는 게 싫었어. 아버지랑 같이 웃고 떠들고 하는 것도. 사람 마음이 간사한 게 그렇게 되니깐 그냥 존재 자체가 싫어지더라고. 결국, 그 애가 그냥 내 앞에서 사라졌으면 하는 생각까지 들대.

밖에서 '풍덩!' 하고 누군가가 물에 빠지는 소리가 들려온다.

경 마담 사실 그 계집애 나한테도 한 번 찾아왔었어.

한 실장 … 둘이 만났었어?

경 마담 내가 배 선장 섭외하기 직전에 먼저 찾아와서 공 회장을 같이 죽이자고 제안하더라. 그때 그 아이가 나한테 한 말이 있었어.

한 실장 …?

경 마담 나를 뭘 믿고 같이 일을 하자고 했는지를 물어봤지. 옛날에는 좋았지만 지금은 원수지간이 됐는데 말이야. 그랬더니 그 애가 이렇게 말하더라. 자기는 사람을 믿는 게 아니라 사랑을 믿는대. 난 아직도 그게 무슨 소린지 모르겠어.

한 실장 … 그래서 그걸 알고 나랑 그 애를 끌어들여서 이 판을 설계한 거야?

경 마담 너는 그냥 미끼지. 생미끼. 같이 가면 회장님의 의심이 적어지니깐. (자리에서 일어나며) 아, 그리고 이 얘기는 우리 둘만 아는 거야. 회장님 말씀대로, 여기서 일어난 일은 여기에 두고 가자. 뭐해? 회장님 기다리실라. 빨리 가자.

경 마담, 퇴장한다.

한 실장 … 나는 내가 고기가 아니라 낚시꾼인 줄 알았어. 미끼가 될 줄은 꿈에도 몰랐는데…

한 실장, 자리에서 일어나서 들고 있던 총을 만지작거리다 자리에 두고 퇴장한다.

암전.

4장. 찌

(과거)

조명 밝아지면 무대 왼쪽 뱃머리에서 양 사모가 구토를 하며
뛰쳐나온다.

한 실장, 헐레벌떡 등장한다.

한 실장 ··· 괜찮아?

양 사모 저기, 저기.

한 실장, 양 사모가 손가락으로 가리킨다.

뱃머리에 창고처럼 된 문을 열자 그 안에 그물이 보인다. 그
물 사이로 사람의 팔과 다리 조각이 걸려있다.

한 실장, 비명을 지른다.

양 사모 선장도 공 회장이랑 한 패야.

한 실장 그럴 리 없어. 경 마담이 섭외한 사람이라던데.

양 사모 경 마담도 한 패라고! 우리는 이제 끝났어.

한 실장, 배 주변을 살펴본다.

양 사모 뭐해? 뭐하냐고?

한 실장 혹시 열쇠 있나 해서.

양 사모 열쇠가 여기에 왜 있어!

한 실장 배 안은 잠겨 있잖아. 열쇠 찾으면 우리 이 배 타고 도 망가자.

양 사모 (낄낄댄다) 도망?

한 실장 왜 웃어?

양 사모 … 우리가 저 노인네한테 도망갈 수 있을 것 같아? 경 찰, 검찰, 그리고 국회의원에 심지어 VIP까지 다 저 사 람 손에 놀아나고 있는데. 오늘이 기회야. 이 지옥에서 벗어나려면, 저 늙은 개를 잡아야 해.

한 실장 … 아버지를 어떻게 죽여? 그냥 도망치기로 했잖아. 그리고 죽이는 건 경 마담이 배 선장이랑,

양 사모 아직도 세상을 모르겠어? 살고 싶으면 그 방법밖에는 없어. 우리 아가를 위해서는 어쩔 수 없어.

양 사모, 갑자기 한 실장에게 다가오더니 그의 손을 자신의 배에 갖다 댄다.

양 사모 느껴져?

한 실장, 한참을 머뭇거린다.

양 사모 왜 그래?

한 실장 아니야…

양 사모 그새 마음이 변한 거야?

한 실장 그게 아니라…

양 사모 그럼 뭐야?

한 실장 아니야. 아가가 발로 찼어?

둘 사이에 잠시 정적이 흐른다.

양 사모 설마… 나를 못 믿는 거야?

한 실장 (양 사모의 배에 귀를 갖다 대며) 아가야, 뭐라고?

양 사모 좀 전에 경 마담이랑은 무슨 얘기 했어?

한 실장 … 그게 아니라,

양 사모 공 회장이 우리 둘 사이를 모르고 있을 거라 생각해?

한 실장 … 뭐?

양 사모 하여튼 어리숙하기는. 공 회장은 네가 회사 돈 얼마 땡
쳐먹었는지 십원 단위까지 다 알고 있어, 이 등신아.
내가 그동안 임신했다고 저 변태 새끼 얼마나 피해 다
녔는지 알아? 우리 아가 하나 지키겠다는 생각으로…
어차피 우린 오늘 공 회장 죽이거나 아니면 공 회장한

테 죽거나, 둘 중에 하나야!

한 실장 알아, 그런데… 난 못해. 회장님한테, 아니 아버지한테 그렇게는 못 해.

양 사모 … 다시 말해봐.

한 실장 뭔가가 더 있는 것 같아. 봐! 이 배도 그렇고 이 섬도 그렇잖아. 네 말대로라면 우리 아가가 태어나더라도 아버지 발밑에서 평생 동안 짓밟히며 살아갈 거야. 그럴 바에는 차라리 그냥 아버지랑 살면서 우리 아가를 더 행복하게 키우는 게 더 나을 수도 있어.

양 사모 … 그래. 알겠어. 그거 알아? 나는 내 목숨 걸고 우리 아가 지킬 거야. 절대 너가 얘기한 그런 일은 일어나지 않을 거야.

양 사모, 퇴장하려는데,

한 실장 아니, 그러게 내가 지우라고 했잖아! 나 솔직히 네가 임신할 줄은 몰랐어.

양 사모 … 다시 한 번 말해봐.

한 실장 그 애가 정말 우리 애는 맞아?

양 사모 … (양손으로 귀를 막으며) 그만, 그만 말해.

한 실장 정말 아버지 아이일 수도 있고. 차라리 아버지 아이라면 괜찮지. 백 회장 아이일 수도 있잖아? 그러면 지우는 게 백배 나아!

양 사모, 한 실장에게 다가가서 따귀를 올려붙인다.
한 실장, 다리가 풀렸는지 자리에서 쓰러진다.

양 사모 아가가 말하네. 너는 아빠도 아니래.

양 사모, 자리를 뜬다.

한 실장 잠깐만, 잠깐만 기다려봐!

한 실장, 계속해서 일어나려고 하는데 다리가 말을 듣지 않아
계속해서 넘어진다.
암전.

5장. 월척

무대 밝아지면, 낮이 밝았다.

아수라장이 된 무대 위.

흠뻑 젖은 배 선장이 양 사모를 부축해오더니 무대 중앙에 내려 놓는다.

배 선장 (두 손을 고깔처럼 모아 입에 갖다 댄다) 뒤처리 똑바로 해!

배 선장, 퇴장한다.

아들, 눈치를 보며 등장하더니 양 사모를 뛰어 넘고 무대 오른 쪽에 있는 움막에 정자세로 누워있는 엄마를 흔든다.

아들 엄마! 엄마!! 죽으면 안 돼!

아들, 팔로 눈물을 훔치며 주저앉아 발을 동동 구른다.

엄마, 자리에서 서서히 일어나 아들을 보며 익살스런 표정을 숨긴다.

아들   이제 나는 궁금한 거 누구한테 질문해!

엄마, 아들의 말을 듣자 다시 자리에 눕는다.
아들, 인기척 때문에 갑자기 돌아본다.
엄마, 아들과 눈이 마주치자 그대로 움직임 멈춘다.

아들   뭐야! (엄마에게 안기며) 엄마!
엄마   엄만 안 죽어. 우리 아들을 두고 어떻게 죽어? 죽은 척
         한 거지. 말했지? 생선들도 죽어 있는 미끼는 잘 안 문
         다니깐.
아들   진짜네? 사람들 다 갔어. 저 여자만 빼고.

엄마, 양 사모 쪽으로 간다.
아들, 엄마 뒤에 숨어있다.
엄마, 이상하다는 표정으로 양 사모의 배에 귀를 갖다 댄다.

엄마   말도 안 돼. (양 사모의 심장에도 번갈아 귀를 댄다)
아들   맞아. 말도 안 돼. 바닷물을 얼마나 먹었으면 배가 저
         렇게 불룩할까?
엄마   그게 아니라! 뱃속에 아이가 있는 것 같아. 이것 봐. 움
         직이잖아.

엄마, 자리에서 일어나 무대 뒤편으로 달려가 손을 흔든다.

엄마　저기요! 산모가 살아 있어요!

아들, 엄마를 데리고 움막으로 재빨리 끌고 가더니 몸을 숨기
듯이 쪼그려 앉는다. 숨을 헐떡이는 엄마의 입을 손으로 막더
니 '쉬~!'소리를 낸다.

아들　(고개를 절레절레 저으며) 안 돼.
엄마　왜 그래? 웃긴다. 너 원래부터 여기서 나가고 싶어 했
　　　잖아? 혹시 알아? 너까지 데리고 나갈지?
아들　나도 밤낚시를 할 거야. 밤이 되면 살아있는 냄새를 맡
　　　고 개새끼가 여기로 올 지도 몰라. 그때 엄마가 나를
　　　좀 도와줘야겠어.
엄마　여기서 나가면… 개를 잡지 않아도 되잖아?
아들　걱정하지 마. 나는 저 개새끼를 잡기 전까지는 이곳에
　　　서 한 발자국도 나가지 않을 거니깐.
엄마　걱정된다. (무대 중앙에서 초조한 듯 손톱을 물어뜯으며 이리저
　　　리 돌아다니다) 원래 난 오줌은 못 참아도 궁금한 건 참
　　　는데… 하나 질문해도 돼?
아들　내 남은 304개 질문 다 들어주면.
엄마　… 좋아!

아들   정말? 약속!

아들, 엄마와 새끼손가락을 건다.

엄마   아까 뭍사람들이 배타고 떠날 때 뭐라고 하던데… 넌 들었지?

아들   질문이 겨우 그거야?

엄마   … 너 개새끼 혼자 잡아.

엄마, 자리를 뜨려고 한다.
아들, 자리에서 일어나 엄마를 붙잡는다.
엄마, 웃으며 돌아서면,

아들   알겠어. 내가 아까 그 사람들이 얘기한 거를 똑같이 보여줄게.

아들, 마치 구연동화 하려는 듯이 자세를 취한다.

암전.

핀 조명이 켜지고 누워있는 양 사모를 비춘다. 그녀의 배가 위아래로 움직이고 있는 것으로 보아 아직 그녀가 살아있음을 암시한다. 그 뒤로 음성 변조된 목소리가 들려온다.

(A)   이번에는 왠지 개운합니다.

(B)   오랜만에 발 뻗고 잠 좀 자겠네.

(C)   웬일인지 개들이 조용합니다.

(D)   밤낚시 한 번 잘 했다!

낄낄대는 소리와 함께 경쾌한 음악이 흐른다.

– 끝 –

Stay hungry,
Stay foolish!

이창화
멘토 전호성

등장인물

윤정	20대 중반. 기타를 치고 노래를 부른다. 작은 밴드에 소속되어 비정기적으로 공연을 한다. 사실상 수입이 없다고 봐도 될 정도. 규민에게 의지해서 살아가는 중.
규민	윤정의 남자친구. 윤정과 동갑. 직장인으로서 적당한 수입이 있으나, 윤정에게 많은 지출을 하고 있어 생활이 넉넉하진 않음. 윤정에게 조금 비정상적일 정도로 과한 애정을 쏟는 중.
연희	윤정의 친구. 활발하고 붙임성 좋은 성격. 타인에게 엄격하고 본인의 잘못을 직시하지 않는 편.
선재	연희의 친구. 책임감 없이 되는대로 살아가는 한량. 형이 죽은 후, 즐겁지 않은 현실을 외면하기 위해 순간순간의 쾌락만을 쫓는 중.

시간

현재

장소

규민의 집 등 각 등장인물들의 공간 여러 곳

무대

조명 및 대/소도구 등을 통해 각 공간들을 효율적으로 구성한다.

1장

정돈이 안 되어 있는 규민의 방. 윤정의 노랫소리가 들리고 있다. 노랫소리가 서서히 작아지고 규민이 무대로 등장한다.

규민 으아. 더워. 나왔어, 윤정아. (대답이 없다) 윤정아? 얘는 왜 이렇게 어두컴컴하게 매번 커튼을 쳐놓는담. 좁은 반지하 방에 살면서 햇빛 싫어하는 사람은 너밖에 없을 거야.

규민, 커튼을 걷고 창문을 연다. 쾅! 하고 문이 열리는 소리가 들리며, 윤정이 등장한다. 땀에 푹 젖은 모습이다.

윤정 야! 창문 닫아!

규민 그래그래, 나도 반가워 윤정아. 오늘 하루도 고생 많았어. 뭐? 그럼, 당연하지! 나도 우리 윤정이 사랑하지.

윤정 헛소리 하지 말고 창문 닫으라고 했다.

규민 왜 그래. 너 그렇게 온종일 어두컴컴한 방에 있다가, 주말에 겨우 나가는 것도 해 지고 나서야 움직이잖아.

매일 작업실에 틀어박혀서 악보만 들여다보고 기타만
치다간 몸에 곰팡이 핀다?

윤정   그럼 올빼미는 죄다 곰팡이 투성이게? 먼지랑 매연
다 들어오잖아! 그리고 사람들 지나다니면서 본단
말이야.

규민   5분만. 환시키기는 게 얼마나 중요한데.

규민의 말을 무시하고 윤정이 신경질적으로 창문을 닫고, 커
튼을 친다. 그러곤 소파에 털썩 주저앉는다. 규민, 얼른 물을
한 잔 가져다준다.

윤정   (물을 단숨에 마신다) 저놈의 햇빛. 난 정말 싫어.

규민   오늘은 뭐가 마음에 안 들어서 그러실까? 그렇게 부정
적이면 될 일도 안 된답니다.

윤정   잔소리는. 네가 내 엄마냐?

규민   이거 봐 이거. 바닥에 아무렇게나 던져놓은 옷가지도
내가 치워야하고, 설거지거리도 쌓여있고. (옷을 빨래바
구니에 넣고, 설거지를 시작한다) 진짜 엄마가 된 것 같아.
잔소리도 자동으로 나와.

집안일을 하며 규민은 휘파람을 분다. 휘파람을 불던 규민은
엉망인 음정으로 윤정이 부르던 노래를 따라 부른다.

윤정	뭐야. 음정도, 박자도 엉망이잖아.
규민	어허. 1호 팬한테 그렇게 함부로 말해도 괜찮은 겁니까? 가수님?
윤정	응. 그래도 이해해 줄 거잖아?
규민	… 그래. 당연하지. 우리 여자 친구님은 성공하면 얼마나 나를 호강시켜주려고 이렇게 엉망인 걸까?
윤정	뭐? 내가 엉망이라고?
규민	아니라곤 할 수 없지. 어… 그러니까 내 말은…
윤정	(들은 척도 안 하고) 규민아. 내 노트 못 봤어?
규민	어? 저기 그러니까…
윤정	작업실!!

윤정, 무대 한편에 있는 책상으로 가 노트를 꺼내 들고 무언가를 미친 듯이 쓰기 시작한다. 이윽고 기타를 꺼내들어 연주를 시작한다. 규민, 기타 소리에 맞춰 엉망진창인 노래를 흥얼거린다.

규민	역시. 우리 여자 친구님 노래는 최고야.

곧 시계 똑딱거리는 소리가 들려오고, 규민은 집안일을 하고 윤정은 가사를 쓴다.

윤정 닳아빠진 꿈을 놓칠 수 없는 건, 내게 남은 게 그것밖
에 없기 때문이라네. 난 독하지도 간절하지도 않다네.
꿈이 날 놓아주지 않기에, 오늘도 난 손에 붙은 기타의
코드를 짚고 폐 속 가득 노래를 들이 마시네. (한숨) 너
무 우울한 가사야. 무명 가수가 푸념하는 노래를 누가
듣고 싶어 하겠어. 좀 밝은 가사를 써볼까? 주제는 뭐
로? 음. 애교스러운 걸로? (객석을 보며 애교를 부린다. 엉
망이다) 아니야. 내 애교 받아 주는 거, 규민이 정도밖에
없을 텐데, 난 무슨 생각을 하는 거람. 어? 벌써 시간이
이렇게 됐네? 규민이는 벌써 자겠다.

작업실에서 나온 윤정, 식탁 위에 규민이 차려놓은 밥상을 발
견한다. 밥상 위에는 쪽지가 놓여있다. 규민은 피곤한지 소파
에 앉아서 잠들어있다.

윤정 너가 좋아하는 미역국 해놨어. 내가 항상 응원하는 거
알지?

윤정, 잠들어있는 규민의 곁으로 가 어깨에 기댄다.

윤정 항상⋯ 멋대로라서 미안해. 고마워.
규민 ⋯

윤정	나. 세상에서 너를 제일 좋아하는 거 알지?
규민	알지. 당연히 알지.
윤정	뭐야! 너 일어나 있었어?
규민	하하. 방금 깼어.
윤정	잊어버려! 방금은 너 자는 줄 알고 말한 거야!
규민	절대 안 잊어. 그걸 왜 잊어. 그리고 그거 이상으로 내가 널 더 좋아해.

규민, 윤정을 껴안는다. 윤정도 머뭇머뭇 규민을 껴안는다.

암전.

2장

정돈 안 된 식탁 한편에 놓인 커피포트에서 김이 올라오고 있다. 새벽 정도의 밝기.

규민은 머그컵에 커피를 옮겨 담고, 윤정이 부스스한 얼굴로 등장한다.

규민   일찍 일어났네. 더 안 자도 괜찮겠어?

윤정   (테이블에 앉으며) 응. 곰팡이 제거.

규민   올빼미는 곰팡이 면역 아니었나?

윤정   (커피를 따라 마시며) 커피 맛있다. 어디 거야?

규민   이디야.

윤정   에? 가게 가서 마실 땐 별로인 거 같았는데.

규민   그나저나 오늘은 아침부터 커피를 다 마시네?

윤정   응. 오늘 저녁 공연이 갑자기 취소됐거든. 공치는 날이야.

윤정은 빵에 잼을 바르며 아침 식사를 준비한다.

윤정 공연 당일 아침에 전화로 취소라니. 무명 가수라고 우습게 보는 거지.

규민 … 괜찮아?

윤정 …

윤정, 빵을 먹는다. 규민, 윤정의 입가에 묻은 잼을 닦아주지만 윤정이 뿌리친다.

윤정 귀찮게 하지 마.

규민 에이, 왜 그래. 아! 그럼 우리 정말 간만에 아무 일정 없이 같이 보내는 주말인 거네? 와. 이게 얼마만이래? 공연 취소돼서 이런 일이 다 있네. 주말에는 버스킹이라도 꼭 나갔었잖아.

윤정 … 그러게.

규민 이러지 말고 우리 자전거나 타러 갈래? 날씨도 좋은데. 어때?

윤정 귀찮아. 더워. 힘들다고 그랬지?

규민 그렇지. 이렇게 더운데 무슨 자전거야. 아니면 예쁜 카페나 갈까?

윤정 방금 커피 마셨잖아.

규민 아하. 그러면 영화관은?

윤정 넷플릭스가 있는데 굳이?

규민	맞네. 그렇다. 집에서 오붓하게 각자 지 폰으로 지 가 보고 싶은 거나 보면 너무 좋지.
윤정	비아냥거리지 마. 나 오늘은 정말 쉬고 싶단 말이야.
규민	(숨을 크게 들이 마시곤) 우리 둘이 같이 보낼 수 있는 주말이 얼마나 오랜만인지 기억은 하니? 평일엔 직장 다녀, 퇴근하고는 너 뒷바라지 해줘야해. 드디어 주말이 오면? 너는 낮엔 잠자고 밤엔 일 나가고. 어쩌다 한 번 같이 쉴 수 있는 주말인데, 그냥 쉰다고? 내가 연애를 하는 건지 육아를 하는 건지 모르겠어.

사이.

윤정	규민아, 한번만.
규민	뭐가.
윤정	한번만 봐줘.
규민	… 그럼 뽀뽀해줘.

윤정이 머뭇거리자 규민, 과장스럽게 보채기 시작한다. 결국 윤정, 마지못해 규민에게 뽀뽀를 해주고 곧바로 작업실로 향한다.

규민	오늘은 쉬는 거 아니었어? 웬 작업실?

윤정   여기서 넷플릭스 보자.

규민   얼씨구? 그 컴퓨터로는 아무것도 못하게 하더니?

윤정   그래서 싫어?

규민   그럴 리가. 웃샤. 이럴 땐 캄캄한 게 도움 되는걸? 팝콘만 있으면 완전 영화관이다.

발랄한 음악이 흐르고 무대 중앙으로 남자와 여자가 등장한다. 규민과 윤정, 의자에 앉아 영화를 보기 시작한다. 남자는 정장차림, 여자는 아르바이트 복장이다. 남자는 바빠 보이고 여자는 바닥에 떨어진 잡동사니를 정리하는 중이다.

규민   와 이거 로코야? 너무 좋아. 난 로코가 정말 좋아.

윤정   니가 안 좋아하는 게 뭐냐.

규민   새드엔딩. 난 해피엔딩이 좋아.

무대 위에서 실시간으로 재현되는 영화.

남자   아 바쁘다. 왜 이런 날 늦잠을 자가지고. 뭐? 10시 10분? 벌써 10분 늦은 거야? 으악!

바쁘게 걷던 남자, 여자와 부딪힌다. 여자의 손에 잔뜩 묻어있던 빨간색 무언가가 남자의 가슴팍에 잔뜩 묻어, 손바닥 자국이 남는다.

여자 으아아! 깜짝이야! 저기요, 괜찮아요? 헉. 저. 그…

남자 내 옷! 내 옷! 오늘 면접인데! 아니 이거 어떡할 거예요! (눈이 마주친다) 예쁘다… 그게… 그러니까, 책임지세요.

여자 네? 그게 무슨 말이죠? 당신이 저한테 와서 부딪힌 거잖아요.

남자 제 인생을 책임지세요.

여자 네?

남자 아니 아무것도 아닙니다. 대체 이건 뭐죠? 이 빨간 거…

여자 아. 저 화장품 가게에서 일하거든요. 틴트 박스가 터져서 그거 정리하다가…

남자 저 지금 면접 가는 중이란 말이에요. 하. 됐고, 세탁비 변상 받을 거예요. 전화번호 좀 주세요.

여자가 놀람과 동시에 시간이 멈춘다. 남자, 무대 중앙으로 천천히 걸어 나온다.

남자 처음 보는 누군가가 이렇게 사랑스러울 수 있을까요? 마치. 마치 제 심장에 인감도장을 찍은 듯이 그녀는 제 마음속에 들어왔습니다.

암전.
다시 불이 들어오면, 남자의 가슴엔 여전히 빨간 도장이 찍혀
있고, 손에는 사탕 반지가 끼여 있다.

여자   늦어서 미안해. 오래 기다렸지?
남자   괜찮아. 나도 방금 왔어.
여자   (남자의 반지를 발견한다) 어? 그런데 그거…
남자   아 이거? 내 사촌동생이. (여자가 뺨을 때린다)
여자   우리 헤어져.
남자   … 너 후회할 거야.
여자   흑흑. 나쁜 자식. 나쁜 자식!

시간이 멈춘다.

남자   왜 이렇게 됐을까요. 가슴이 아파요. 전 아직 그녀도
저를 사랑하고 있으리라 믿거든요. 이 오해를 풀 수만
있다면 전 정말 어떤 일이라도…

암전.
다시 불이 들어오면 남자의 가슴엔 여전히 도장이 찍혀있고,

반지는 없다. 여자는 등을 돌리고 서 있다.

여자   여기까지 왜 왔어?

남자   오해라고 그랬잖아. 정말 그…

여자   사탕은 오해가 맞겠지. 그런데 그 뒤에 내가 사과하러
        갔을 때… 그땐?

남자   정말 믿기 힘들겠지만, 설명할 수 있어. 내가…

여자   (돌아서서 남자를 바라보며) 그때는 뭐였냐고?

남자   … 집에서 니 친구인 제니와 나왔을 때 말이지.

여자   그래. 다행히 잘 기억하고 있네.

남자   하지만 니가 생각하는 그런 일이 있었던 건 아냐. 제니
        가 실연을 당했다면서 나한테 위로를 해달라고 하더
        라고. 그래서 난…

여자   그만. 거기까지. 더 듣고 싶지 않아.

남자   들어줘. 정말로 난 제니와 (숨을 들이 마신 후, 여자가 비명
        을 지름과 동시에) 치킨밖에 안 먹었어.

여자   뭐?

사이.

남자   치킨밖에 안 먹었다고. 니가 말 듣지도 않고 내 뺨을
        때리고 가버려서 설명 못 한 거야. 제니를 위로해 주

려고 치킨 사줬어. 맥주도 조금 먹었지. 그런데 제니는 진짜 내 스타일도 아니야.

여자 그게 정말이야?

남자 응. 제니 걔, 닭다리를 두 개 다 먹더라고.

여자 어우.

남자 믿어줘. 난 정말, 제니와 아무 관계도 아니야. 물론 사촌동생과도. 나한텐 너밖에 없어. (여자의 손을 잡아서 자신의 셔츠에 묻은 도장 자국에 얹는다. 도어락이 열리는 소리가 난다) 날 책임져줘.

여자 … 좋아.

남자&여자 하하하하!!

밝은 음악이 흐르고, 남자와 여자는 크게 웃으며 춤을 추다, 머리에 하얀 가발을 쓰고 노부부의 모습으로 퇴장한다. 규민은 오열하고 윤정은 시큰둥한 표정이다.

규민 감동적이야…

윤정 유치해. 저런 거 전부 거짓말이야.

규민 에이. 잘 봐놓고 또 그런다. 우리도 노력하고 서로를 배려한다면 오래오래 행복하게 살 수 있을 거야.

윤정 역시 액션영화나 볼걸 그랬어. 때려 부수는 거. 콰광.

규민 고마워. 나 좋아한다고 로코 틀어 준 거지? (윤정이 일어

서려고 하는데 규민이 껴안는다)

윤정   달라붙지 마. 나 화장실 갈 거야.

규민   조금만 더.

윤정   으유. 징그럽게.

규민   오랜만에 너랑 데이트하는 기분이라 설레서 그래.

윤정   그래서 같이 영화 봤잖아.

규민   그 정도로는 부족하단 말이야. 조금만 더.

윤정   … 조금만이야.

윤정과 규민, 서로에게 기대어 말없이 앉아있다.

윤정   규민아.

규민   응?

윤정   난 꼭 성공할 거야.

규민   당연하지.

윤정   그게 언제나 내 1순위일 거야.

규민   … 알고 있어.

사이.

윤정   … 이제 좀 쉴래. 오랜만에 잠을 푹 자고 싶어.

규민   벌써? 잠깐만 기다려봐.

윤정	왜 또?
규민	콘돔 가져올게. 니 말대로 오랜만이잖아.
윤정	뭐? 나 이제 쉬고 싶다고. 계속 말했잖아.
규민	아직 시간도 얼마 안 됐는걸.
윤정	싫어! 싫다고! 겨우 그런 것도 못 참아줘? 나 힘들다니까? 해주기 싫다고!
규민	뭐?

규민이 천천히 자리에서 일어나 말없이 윤정을 노려본다.

규민 윤정아. 너 요즘 니가 필요할 때만 내 이름 불러 주는 거 알아? 그거 아니면 매번 짜증 섞인 목소리로 부르는 것도?

규민은 대답을 하지 못하는 윤정을 한참을 노려보다. 머리를 마구 헝클어뜨리며 윤정을 등지고 선다.

규민 언제나 너한텐 음악이 제일 중요했지. 그럼 그동안 나랑 왜 연애한 거야? 내가 청소하고 밥해주니까? 그 편한 거 잃기 싫어서 어느 정도만 맞춰 준 건가 보다, 그치. 나랑 동거하는 동안 내가 남자친구로 보이긴 했니? (사이) 나를 당연하게 생각하지 말아줘.

규민 퇴장. 혼자 남은 윤정이 규민이 나간 곳을 멍하니 바라 본다.

무대 암전.

3장

어두운 무대에 윤정의 울음소리가 들린다. 연희, 윤정을 어떻게든 달래고 있다. 하지만 술이 취한 윤정은 무어라 중얼거리며 점점 더 크게 운다.

연희 아하하… 죄송합니다… 제 친구가 많이 취했네요. (속닥거리는 목소리로) 야 이 우라질 년아. 적당히 좀 울어.

윤정 으아아아앙!! 몰라! 모른다고!

연희 이럴 거면 집에서 먹지 뭐 하러 호프집엔 온 거냐? 관객들 앞에서 오열 라이브 공연이라도 할 생각이었어? 내가 샵도 일찍 문 닫고 온 거 알긴 아냐? 모르겠지? (과장되게 윤정을 따라한다) 으애앵 맬래! 매랜대개!

윤정, 무어라고 대답하려고 하는데 연희가 윤정의 입에 오징어를 쑤셔 박는다.

연희 아니 그래서, 그 나긋나긋한 규민이랑 싸우고 가출했다는 거지? 그냥 잘못했다 그러고 다시 들어가. 니 손

해다.

윤정　걔가… 걔가 먼저 나갔어. 그래서 나도 나온 거고.

연희　참. 규민이도 호구다. 욕하고 화낸 것도 잘한 짓은 아니긴 하지만, 5년이나 아무 대가 없이 뒷바라지 해줬는데, 한번 하자 그랬다고 화내고 가출하는 여친이라니.

윤정　우애앵. 니가 뭘 아냐?

연희　얼씨구? 뭘 자꾸 모른대, 진짜 나랑 모르는 사람 되고 싶냐? 지가 답답해서 이야기 들어달라고 불러놓고? 울고 있지만 않았으면 오늘 강냉이 수확하는 날이었어, 알아?

윤정, 갑자기 울음을 멈추더니 소주를 맥주잔에 가득 따라서 원샷으로 마신다. 놀라는 연희와 눈이 마주친다. 딸꾹질을 한 번 하고는 다시 대성통곡을 시작한다. 연희가 우물쭈물 연희를 토닥여준다.

연희　어휴, 웬수같은 년아. 그래. 너도 힘들겠지. 제일 힘든 게 너겠지. 그러게 규민이한테 잘해주지 그랬냐. (연희의 품에 안긴 채로 윤정이 다시 소주병에 손을 내민다) 아 좀!

윤정　말리지 마. 나 더 마실 거야. 먹태! 먹태!

연희　뭐? 말리지 마? 너 취하면 누가 집에 보내야하는데 말리지 마? 너 진짜 죽을래?

윤정	그래! 죽자! 마시고 죽자! 헤헤헤 연희야. 너도 마셔.
연희	하. 개 싫다, 진짜. 적당히 마시고 집에 가서 규민이랑 화해해, 그냥.
윤정	화해 안 해. 나 규민이랑 헤어질 거야.
연희	뭐? 애 또 눈뜨고 잠꼬대 시작하네. 니가 지금 취해서 그런데…
윤정	취한 거 아니야!

윤정의 고함소리에 침묵이 흐른다. 잠시 후 윤정이 꾸벅꾸벅 졸기 시작한다. 연희가 걱정스럽게 툭툭 건드리자 화들짝 놀라서 깬다.

연희	와씨 놀래라. 그래서 시바 취한 건 아니란 거지?
윤정	취한 거 맞아. 아니 그래도 취해서 헛소리는 안 해. 아니 취해서 헛소리 한 것도 맞는데 지금 만큼은… (아무 말이나 중얼중얼거린다)
연희	헤어지긴 왜 헤어진다는 건데? 너 개만 한 남자 또 만날 수 있을 줄 알아?
윤정	못 만나겠지.
연희	근데 도대체 왜?
윤정	나. 나 진짜 열심히 해야 해. 근데 규민이는 너무 착하고 잘해줘. 지금도 이미 많이 나태해졌어. 이렇게 포근

한 품이 내 곁에 있으니까, 나 정말 음악 포기할 것 같아. 그러긴 싫어.

연희 어우 이기적이다야. 잘해주고 편해서 음악을 포기할 것 같다고? 그래서 더 힘들어지려고 규민이랑 안 만나겠단 거야? 그냥 집안일 같이 하고 규민이가 원하는 거 해줘. 규민이가 문제가 아니라 마냥 의지하려는 니 태도가 문제잖아.

윤정 나도 알아. 그런데, 관계가 굳어지고 나면 내가 마음 좀 먹었다고 금방 말랑말랑해지지 않아. 너도 알잖아? 화해해도 난 금방 다시 규민이한테 의지할 거야. (다시 울기 시작한다)

연희 (눈치를 보다 건배를 권하며) 그래 뭐가 어찌됐던 오늘은 일단 그냥 잊고 마시자. 앞으로 너의 바람대로 피똥 쌀 만큼 힘들어져서 음악밖에 바라볼 수 없어지길 바란다, 친구야.

윤정 당연하지! 음악은 헝그리정신이야!

연희 이미 빌어먹을 만큼 헝그리인 년이 말은 잘한다.

윤정 당연하지, 당연하지! 원래 예술가는 힘들어야 좋은 작품을 내는 거야!

연희 이년 또 지랄하네. 그럼 규민이는 너 때매 좃 빠지게 힘들었을 텐데 아주 예술계 씹어 먹겠다?

윤정 나 규민이한테도 음악으로 지는 거야? 으아앙. (테이블

에 엎어진다)

연희 그러면 어디 보자. 우리 윤정이 이별 기념으로 간만에 남자들 좀 불러서 재미나게 놀아볼까? (전화기를 꺼낸다)

윤정 뭐? 뭐라고? 너 뭐라고 했지? 남자를 부른다고?

연희 그래. 어차피 규민이랑 헤어진다며? 외도도 아니잖아?

윤정 그건 그렇지만… 이건 너무 이르지 않아…? 그보다 너도 남자친구 있잖아!

연희 들키지만 않으면 괜찮아.

윤정 그만해! 야 너, 내가 지금 이렇게 취하고 어? 규민이랑 헤어지기로 했다고 어? 바로 딴 남자랑 놀아나는 여자로 보여? 장난치지 마.

암전.

4장

무대에 불이 들어오면 남녀가 침대에 누워있는 모습이 보인다. 윤정이 이불을 감싸고 벌떡 일어난다. 이불을 들쳐서 자신의 몸을 확인하고는 꺄아아악! 하고 비명을 지른다.

다시 암전.

다시 불이 켜지면 윤정은 옷을 차려 입고 침대 밑에 얼빠진 표정으로 앉아있고, 선재는 침대에 누워서 하품을 하고 있다.

선재 잘 자고 있는데 갑자기 비명을 지르질 않나, 불을 키질 않나. 너 참 유별난 자기구나? (넋이 나간 윤정을 보며 피식 웃는다) 너 모르는 남자랑 잔 거 처음이야?

윤정 아니야… 아니야.

선재 오오올. 처음 아니야? 그럼 간만인 건가?

선재가 킬킬거리며 윤정에게 말을 걸지만 윤정은 선재의 말이 전혀 들리지 않는 것처럼 패닉에 빠져있다.

선재 재미없긴? 어제랑 다르게, 오늘은 대답도 안 해주네.

냉정해 아주.

윤정 뭐?

선재 왜, 어제는 나한테 앙앙거리면서 엄청 애교스럽게 대해줬잖아. 딱 내 스타일이었는데. 속았네, 속았어.

윤정 나… 난 이러려던 게 아니야.

선재 하하. 인생이 다 그런 거 아니겠어? 딱딱하게 굴지 말고 그냥 좀 더 자다가 얌전하게 나가자. 이리 온. (이불을 들추며 강아지를 부르는 소리를 낸다) … 하하. 싫음 말고. 자유야, 자유.

침묵. 선재는 침묵이 불편한 듯 윤정을 힐끔힐끔 쳐다보다가 침대에서 일어서서 언성을 높인다.

선재 왜! 이제 와서 후회되는 거야? 괜히 기분 찜찜하게 하지 말고… 뭐야 너 울어?

조용히 눈물을 흘리고 있는 윤정에게 선재가 조심스럽게 다가가 토닥여준다. 윤정, 깜짝 놀라지만 이내 선재의 손길을 받아들인다.

선재 왜? 무슨 일인데?

윤정 …

선재	나랑은 이야기 안 할 거야?
윤정	아니야… (사이) 내 인생이 엉망이야. 인간관계도 미래도 꿈도 다 엉망이야. 아무것도 모르겠어. 머리 아프고 토할 것 같아.
선재	초반에 몇 개는 나도 마찬가지라 뭐라 말 못해주겠는데, 뒤에 두 개는 해결해 줄 수 있겠다. (선반에 올려져있던 음료를 윤정에게 던진다) 야, 이거 받아.
윤정	이게 뭔데?
선재	갈아 만든 배. 숙취에 최고야. 죽인다 이거.

윤정이 캔을 멀뚱멀뚱 바라본다.

선재	너, 내 이름도 기억 안 나지?
윤정	응.
선재	그래. 난 선재야. 연희의 망나니 친구. 돈도 없고 염치도 없고 뒤끝도 없는 쾌남이란다.
윤정	응.
선재	넋이 나갔네. 나랑 사귈래?
윤정	장난치지 마.
선재	푸하하. 역시 충격요법이 효과 좋네! 정신이 번쩍 들지? (사이) 너도 엉망인가본데, 나도 엉망이야. 인생 말이야. 안 믿겠지만 나 한때는 사장님이었다? 형이랑

동업을 했었는데, 주변에서 동업 하지 말라고 뜯어 말리는 소리할 때 들을 걸 그랬지 뭐야.

윤정 … 형이랑 싸웠어?

선재 형이 죽었어. 교통사고로. 형이랑은 죽이 잘 맞았는데. 사업도 잘 됐고. 근데 형이 죽고 나니까 거래처도 엉망, 결제도 엉망, 마케팅도 엉망. 쫄딱 망해서 빚만 잔뜩 생겼지. 슬픈 거보단 짜증나더라. 나는 어떡하라고.

윤정 정말… 정말 안됐다.

선재 안됐다고? 프흐흐. 그렇지. 타인의 고통이란 그런 거야. 세상이 다 무너져 내리는 것 같은 고난도 내가 겪은 일이 아니면 그냥 안됐다. 한마디로 끝. 아 그렇다고 너를 원망하는 건 아니야. 다만 나도 니가 무슨 일을 겪었던 크게 와 닿게 느끼진 않을걸. 그러니까 말 안 해주고 싶으면 말 안 해줘도 돼. 우울한 이야기에 리액션 해주는 건 쥐약이거든.

윤정 …

선재 야. 무슨 바보짓을 했던 일단 그거나 마셔 봐. 어쨌든 먹고 살아야 할 거 아냐?

윤정 (음료를 마시며) 나 동거하던 남자친구랑 싸우고 헤어지려고 결심하자마자 너랑 잔 거야.

선재 이야. 너도 바보짓이 제법인데? 왜 싸웠는데?

윤정 여러 가지 이유가 있긴 한데… 직접적인 건 관계를 거

부해서 인 것 같아.

선재 푸흐흐. 남자친구랑 자기 싫어서 싸우고 헤어져놓고 나랑 원나잇 한 거란 말이야? 하여간, 사람들 사연 듣고 나면 정말 이 세상은 요지경이라니깐. 그러고 보니 나쁜 짓은 니가 해놓고 그렇게 불쌍해보이게 앉아 있는 거야? 아 이건 정말 내가 할 말은 아니긴 하다. 하하하하!

선재가 크게 웃지만 윤정은 아무 반응도 하지 않는다. 잠시 침묵이 흐른다. 곧 전화벨 소리가 들린다. 윤정의 폰이다. 윤정은 전화기를 확인한다. 규민이다.

선재 전화 안 받아도 괜찮아? 규민이? 남자친구인 거지?

윤정 (고민 끝에 전화를 끊으며) 신경 쓰지 마.

선재 그래. 어차피 헤어지기로 마음먹었는데 뭐 어때. 근데 연희 말로는 너 음악 한다던데? 가수 뭐 그런 거야? 노래 하나만 들려줘봐.

윤정 노래를? 갑자기?

선재 뭐 어때. 괜찮잖아? 아니면 이렇게 계속 우울하게 있을 거야? 가수라면 사람 마음을 치유해주는 노래를 불러야지. 자 일단 너 자신의 마음을 치유해보자고.

윤정, 가만히 앉아서 생각하다 이내 목을 푼다.

암전.

5장

반주가 흘러나오고 있다. 곧 노랫소리가 들린다. 규민의 목소리다. 조명이 들어오고 엉망이 된 집에 규민이 멍한 얼굴로 앉아있다. 그 옆으로는 소주병이 어지러이 널려있다. 규민, 전화기를 꺼내 어디론가 전화를 건다. 수신이 차단되었는지, 연결이 되지 않는다는 안내음이 나온다.

규민 내가 많은 걸 바랐나? 그냥 내 옆에 있고, 날 소중히 해주길 원했던 것뿐인데.

규민, 감정이 복받치는지 눈물을 참는다. 리모컨을 찾아 TV를 켠다. 음악이 흘러나오며 남자와 여자가 등장한다.

남자 오늘 날씨 정말 좋다 자기야. 그치?
여자 뭐 날씨는 좋긴 하네.
남자 뭐야. 자기 화났어? 반응이 왜 그래?
여자 아니? 내가 화날 게 뭐가 있어? 기분 좋은데? 꺄핫. 꺄하핫.

남자 아닌데? 화난 건데? 250% 확실한데? 뭔데, 말해 봐봐.

여자 그냥. 내 남자친구가 여자친구 생일도 기억 못 하는 바보라는 게 너무 속상해서.

남자, 깜짝 놀라 입을 가린다. 그러다 헛구역질을 하기 시작한다. 화가 나있던 여자는 놀라 남자를 살핀다. 곧 남자의 입에서 카드가 쏟아진다.

여자 꺄악! 놀랐잖아! 뭐하는 거야!

남자 미안미안. 뭘 잘못 먹었나봐. 잠깐만! 우욱… 우웨엑.

남자가 다시 토를 하는 시늉을 하다가, 입에서 반지를 꺼내 보인다. 옷에다 슥슥 닦은 다음 무릎을 꿇고 여자의 손가락에 반지를 끼워준다.

남자 하하. 내가 자기 생일을 까먹을 리가 없잖아. 자기야. 우리 결혼하자.

여자 자기야… (반지를 빼 남자에게 돌려준다) 아냐. 안 돼. 난 아직 결혼 생각은 없어. 미안해.

남자 뭐? 뭐라고?

남자를 내버려두고 여자 퇴장. 남자, 이해할 수 없다는 표정으로 무대에 남아있다.

암전.

곧 다시 조명이 켜지고, 여자는 침대에 누워있고 남자는 여자의 손을 잡고 슬퍼하고 있다.

여자 더 일찍 말해줬어야 했는데. 미안해.

남자 너무해. 너무하잖아 이건. 난…

여자 어쩌면, 나도 믿고 싶지 않았을지도 몰라. 꿈같은 시간들이 계속 이어질 거라 생각하면서, 현실에서 눈을 돌렸어. 어쩌면 우리에게도 해피엔딩이 있을 수 있지 않을까 하는 말도 안 되는 희망을 잠시나마 가졌던 거지.

남자 아직 포기하면 안 돼. 의사가 틀렸을 수도 있잖아?

여자 길어야 3개월이래. 그래서 말인데, 내 부탁 하나만 들어줄래?

남자 그래. 꼭 들어줄게. 그러면 자기도 내 부탁을 하나만 들어주는 걸로 하자… 아마 마지막일 것 같으니까…

여자 알겠어. 내 부탁은 이거야. 우리 이제 헤어지자. 나 이제 놓아줘. 자기는 자기 인생을 살아.

남자 … 좋아, 그럼 내 부탁이네. 방금 그거 취소해줘. 난 그렇게 못하겠어. (주머니에서 반지를 꺼내 다시 여자에게 건넨다) 나랑 결혼하자.

여자 뭐? 그런 억지가 어디 있어?

남자　억지 한번만 부리자. 억지 안 부리면 죽을 것 같은데. 평생 후회할 것 같은데. 억지 딱 한번만 부리자.

여자가 천천히 반지를 손가락에 끼운다.

여자　(반지를 보며) 예쁘다…

남자　(반지를 보는 여자의 얼굴을 들어 올려 눈을 마주치며) 응. 예쁘다. 정말 예뻐.

암전. 다시 조명이 들어오면 핀조명이 소파 오른편에 앉아있는 남자만을 비추고 있다. 남자는 사진을 바라보고 있다. 사진을 보며 예쁘다라며 중얼거린다. 그러던 남자는 고개를 들어 허공을 바라본다.

남자　시간이 꽤 많이 지났네, 자기야. 오늘로 벌써 5년이야. 잊을 법도 한 시간인데, 정말 하나도 잊혀지질 않는다. 친구들은 다 나보고 바보라고 그래. 그만하면 됐다고, 이제 딴 여자 만나라고. 근데 난 바보 맞나봐. 후회도 안 되고, 다른 여자도 눈에 안 들어와. 단지… 니가 그리울 뿐이야.

남자가 독백을 하는 동안, 규민이 리모컨을 들고 천천히 소파

왼편에 앉는다. 남자는 규민을 전혀 의식하지 않는다.

규민   (남자를 바라보며) 어떻게 그런 바보짓을 후회하지 않을 수가 있어? 5년 동안 니가 지킨 순정이 무슨 의미가 있어? 누가 알아준다고 그런 바보짓을 한 거야?

남자   (여전히 허공을 바라보며) 그래. 가끔은 여전한 내 그리움이 진짜일까 하는 의심이 들 때도 있어. 어쩌면 그냥 자기만족일지도 몰라. 나는 누군가를 이렇게 사랑할 수 있는 사람이다. 또는 난 이런 아픈 과거가 있는 사람이다. 나 스스로를 그렇게 규정짓고 만족하는 거지.

규민   그걸로 괜찮은 걸까? 그건 진짜 사랑이 아니잖아.

남자   과연 진짜 사랑이란 뭘까? 잘 모르겠어. (사진을 다시 바라보며) 하지만 니가 내 옆에 있었을 때만큼은, 난 정말로 널 사랑했던 것 같아. 그거면 된 게 아닐까?

곧 초인종 소리가 들린다. 곧 초인종 소리가 다시 한 번 울린다. 규민이 리모컨을 객석으로 겨눈다. 남자를 비추던 조명이 꺼지고, 남자는 퇴장한다. 남자가 다 퇴장할 때 쯤 무대에 메인 조명이 들어오고 마지막으로 초인종이 울린다.

규민   열려있어. 들어와.

문이 열리는 소리와 함께 연희가 투덜거리며 규민의 집으로 들어오다. 엉망인 방을 보고 놀란다. 확 풍기는 술 냄새에 연희가 얼굴을 찌푸린다. 그러다 얼른 표정을 고치고 평소와는 다른 싹싹하고 다정한 태도로 규민을 대한다.

연희 아니, 이게 다 뭐야. 사람은 불러놓고 너 혼자 술을 이만큼이나 마시고 있었어? 이게 다 몇 병이래…

규민 내 모습이 우습지?

연희 어… 아냐! 에이 그럴 리가 없잖아. 나도 술은 자주 마시는 거 알지, 그치? 와 너 금복주 마시고 있구나! 나 금복주 파인거 알지? 역시 술은 소주야. 맥주는 금방 배부르고 취하지도 않고. 안 그래?

연희를 보며 규민이 소주병을 들자 얼른 연희가 바닥에 있는 소주잔을 집어 내민다. 규민, 그런 연희를 무시하고 병째로 소주를 벌컥벌컥 마신다. 연희 멋쩍어한다.

연희 와, 규민이 술 잘 마시네. 근데 이렇게 안주도 없이 빈속에 술만 벌컥벌컥 마시면 속에 안 좋은 거 몰라? 내가 또 우리 규민이 이러고 있을 거 알고 안주를 준비해왔지! 짜잔! (오징어를 꺼내든다) 역시 술안주는 오징어지! 이거 심지어 불고기 맛이래. 나 이거 한 봉지 뜯어서 저번에는 소주를 3병…

규민 그래서 윤정이는 잘 지내? 그 남자랑?

연희 … 후 그래. 그 이야기는 피할 수 없겠지? 선재랑은 음… 어떻게 말해야할까…

규민 잘 못 지내겠지.

연희 어?

규민 (바닥의 종이쪼가리를 집어 들며) 이거 윤정이가 그렇게 애지중지하던 악보들이야. 작업실도 그대로고. 이것들. 윤정이한테는 삶의 의미 같은 것들이야. 이걸 가지러 오지 못하는 이유가 뭐겠어? 미안해서. 나한테 돌아올 면목이 없겠지. 음악도 포기하고 날 피하고 있을 텐데 잘 지내고 있을 리가 없어.

연희 니 말이 맞아. 선재랑은 사실 딱히 사귀고 있는 것도 아니야. 윤정이 요즘 많이 불안해보이더라.

규민 걱정돼. 걔 밥도 잘 안 챙겨먹을 거야.

연희 지금 누가 누굴 걱정하는 거야?

규민 그 선재라는 사람. 니가 불렀다 그랬지?

연희 그렇긴 한데, 난 걔들이 그렇게 죽이 잘 맞을 줄은 몰랐지. 하하하…

규민 그래. 그렇겠지. 씨발. (다시 소주를 마시기 시작한다)

연희 규민아. 너 많이 취한 거 같은데 이제 술은 그만 마시자. (술병을 뺏으려 하자 규민이 거칠게 연희의 손을 뿌리친다) 앗!

규민	내버려둬. 이제 와서 책임지는 척하지 마. 정말로 내가 걱정된다면 (사이) 윤정이를 만나게 해줘.
연희	… 그거 부탁하려고 나 부른 거야? 윤정이 만나서 뭐 하려고.
규민	나한테 돌아오라고 할 거야. 다시 받아 줄 거라고.
연희	뭐라고? 용서한다고? 아니 너 제정신이야? 모든 상황을 다 알고 있으면서 윤정이를 용서한다고? 너 뭔가 이상해 규민아. 그냥 포기하고 다른 여자 만나. 내 친구지만 걔가 뭐가 그렇게 좋은 건데? 너를 위해서 하는 말이야.
규민	날 위해서? 날 위한다면 그런 짓은 했으면 안 됐어.
연희	그건… 그건 내 잘못 아니야! 윤정이가 바보짓 한 건데 왜 나한테 그러는 거야?
규민	너 항상 무슨 일 생기면 변명만 하는 거 알아? 오늘도 나한테 사과할 생각은 없었지? 연희 넌 성격을 좀 고쳐야해. 이기적이야.
연희	뭐? 규민이 너 진짜 이상해. 직접적으로 너를 배신한 윤정이는 만나고 싶다면서 왜 나만 원망하는 거야?
규민	사실, 윤정이도 용서 못 했어 아직. 근데 못 놓겠는데 어떡해! 윤정이가 저렇게 거지처럼 살면서도 바보같이 음악 못 놓는 거처럼, 윤정이가 나한테… 나한테 어떤 의미가 되어버려서, 못 놓겠는데, 어떡하라고.

연희   … 몰라. 나 이제 갈래. 니 집착에 어울려주고 싶지 않아. 술 깨면 윤정이 잊는 거 곰곰이 생각해봐.

연희, 짐을 챙겨서 퇴장하려고 한다.

규민   연희야, 한번만! 한번만 자리 만들어줘. 난 윤정이 못 잊는단 말이야!

연희   … 생각해볼게.

연희, 다시 퇴장한다.
암전.

6장

무대에 매미소리가 들려온다. 곧 매미소리가 사그라지고 귀뚜라미소리가 들려온다. 조명이 들어오고 기지개를 켜며 윤정이 무대로 들어온다. 추운지 몸을 떤다. 무대 중앙에는 벤치가 있다.

윤정 벌써 많이 쌀쌀해졌네. 따뜻하게 양털후리스라도 하나 살까? 아냐… 내일이 월세 내는 날이잖아? 왜 똑같이 한 달에 한번인데 월급날은 이렇게도 안 오는 거 같고 월세 날은 급격하게 찾아오는 것 같지? 이건 뭔가 잘못됐어. 연희는 언제 오는 거야.

연희가 호들갑스럽게 뛰어서 들어온다.

연희 안 늦었어, 안 늦었어! (시계를 보며) 빙고!
윤정 (시계를 보고) 15분 늦으셨는데요.
연희 코리안타임! 한국에선 인정해줘야지.
윤정 그래… 내가 너랑 무슨 말을 하겠니.

연희	이러지 말고 우리 커피나 마시러 가자.
윤정	난 이제 카페라면 진절머리나. 그냥 여기서 이야기 하자. (벤치에 앉는다)
연희	어머어머. 커피라면 사족을 못 쓰던 애가 카페 알바 좀 하더니 그새 이렇게 바뀌었다고? 신기하다, 정말.
윤정	말도 마. 요즘은 노래도, 곡 작업도 할 시간이 없어. 카페 일이 내 본업인 것 같다니까? 네, 고객님! 휘핑크림 빼고, 우유 대신 두유 넣고, 초코 드리즐 두 배로 넣은 차가운 바닐라 라 그런데 사이즈 샷 추가 두 번! 나왔습니다! (이를 악 물고) 얼른 가져가라.
연희	으이그. 힘들어야 음악이 더 잘된다더니 개뿔. 그럴 줄 알았다.
윤정	할 말 없네… 근데, 누가 들으면 너는 뭐 엄청 잘 사는 줄 알겠다? 3년 사귄 남자친구랑 결혼하니 어쩌니 하다가 얼마 전에 대차게 차이고 주택가에서 욕하고 경찰이랑 싸우다가 유치장에서…
연희	(귀를 막고) 아아아아아아! 그보다 선재랑은 요즘 사귀는 거야 뭐야?
윤정	아니? 누가 그래? 나 개랑 아무 사이도 아니야.
연희	아무런 사이도 아닌데, 계속 만나기는 한다… 선재랑 만나면서 꽁냥꽁냥 데이트를 하는 건 아닐 거고.
윤정	야, 신경 꺼. 니가 잔소리 안 해도 머리 아픈 사람이야.

연희	아 그러서? 하긴. 이런 머리 아픈 이야기 하려고 온 게 아닌데. 나 저번 주에 만난 남자가 나 좋다 그랬어. 얼굴은 좀 생겼는데. 한 번 만나볼까?
윤정	너도 참 회복이 빠르구나. 어때, 너 이번 남자는 유치장 엔딩으로 안 끝날 자신 있어?
연희	야야. 유치장 이야기는 그만해 쌍년아. 어머. 나 새 남자 만나려면 이제 욕 안해야 하는데.
윤정	답정너 질문이었구나. 이미 만날 마음이 가득하시네요.
연희	아까도 말했듯이 얼굴이 괜찮거든. 게다가 돈도 꽤 잘 버는 것 같아. 조그만 사업한대.
윤정	동업은 아니지?
연희	어… 어떻게 알았어? 친구랑 한다던데?
윤정	아이고.
연희	진짜 괜찮다니까? 다음에 한 번 같이 밥 먹자. 소개시켜줄게.
윤정	뭐야 벌써 사귀는 사이인 것 같네? 소개를 시켜줄 생각까지 하고 있어? 김칫국 적당히 마셔. 애기는 몇 명 낳으려고?
연희	요즘은 애 안 낳는 게 대세야. 고양이 기를 거야 고양이. 러시안 블루.
윤정	정신 차려. 얼굴이 밥 먹여주지도 않을 뿐더러, 사업가랑 사귀면 너 맘고생 엄청 할 거야. 남자는 성격이 좋

아야 해. 언제나 날 챙겨주고… (사이) 응원해주고, 믿어
주는 그런 사람…

연희 뭐야. 갑자기 아련 버튼 눌렀어.

윤정 무슨 말이야! 하여튼 그 남자 난 별로라고 생각해.

연희 근데 윤정아.

윤정 안 들을래. 꺼져.

연희 내가 무슨 이야기 할 줄 알고?

윤정 몰라. 그냥 불길해 너 입 닫아. 조용해. 생각도 하지 마.

연희 그러지 말고. (사이) 너 다시 규민이 만날 생각 없어?

윤정이 자리에서 벌떡 일어나 연희를 노려본다. 그러다 다시
벤치에 앉는다.

윤정 걔 이야기는 왜 꺼내는 건데?

연희 그렇잖아. 음악할 거라며 규민이랑 헤어져놓고 음악은
무슨, 카페 아르바이트 에이스잖아. 게다가 지금 너 선
재랑 사귀는 것도 아니라면서 몸은 허락하고 있는 것
같고. 너 그렇게 막 사는 거보다는 규민이한테 돌아가
는 게 낫지 않아?

윤정 아하. 그렇게 아픈 곳 무신경하게 푹푹 쑤셔줘서 정말
고맙네.

연희 진짜 진지하게 하는 말이야. 너 그렇게 살다가 후회

한다?

윤정 … 내가 원한다고 규민이한테 돌아 갈 수 있는 시점은 이제 지났잖아.

연희 아니. 그건 아직 모르지 않을까?

윤정 정신이 나가지 않고서야 걔가 날 받아주겠어?

연희 그러니까, 너는 아직도 염치없이 규민이한테 돌아갈 생각이 남았다는 거지?

윤정 야, 너 나한테 시비 걸러 왔냐? 그게 무슨 소리… 잠깐. 너 규민이 연락 왔었어? 아. 그래. 당연히 왔겠지. 걔가 나랑 연락 안 되는데 너한테 연락 안 했을 리가 없어. 그런데 뭐? 규민이가 나랑 다시 만나고 싶어 해?

연희 연락이 오긴 뭘 와. 그냥. 진짜 그냥 혹시라도 걔랑 다시 만나고 싶은 생각 없어?

윤정 내가… 돌아가도 괜찮은 걸까?

연희 몰라, 이년아. 지금까지 너 그런 거 신중하게 생각해서 행동했니? 그냥 마음 가는 대로 하면 되지. 아 그래도 선재는 얼른 정리해. 걔랑 오래 만나봐야 좋을 거 하나 없어. 내 친구긴 하지만 걘… 진짜 한심한 인간이니까… 그럼… 규민이랑 조만간 보는 걸로 알고 있을게.

윤정 하아. 내 의견 들을 생각 있긴 했니?

연희 눈치껏 존나 NO다 싶으면 의견 듣는 거고, 우물쭈물거리면 강하게 밀어붙일 생각이었지. 지금 너는 우물쭈물이고.

윤정 … 니 말이 맞아. 그래서 언제 보는 게 좋을까?

암전.

7장

무대에는 선재만 있다. 지저분한 방 (선재 방). 혼자 티비를 보고 있다. 곧 문이 열리는 소리와 함께 무대로 윤정이 들어온다.

선재 여. 고생했어. 어서 와.

윤정 뭐야. 왜 또 불렀어.

선재 부르니까 쪼르르 와놓고 새침한 척하는 거야? 하하하. 너 참 변함없구나. 빨리 밥이나 먹자. (손으로 소주를 마시는 흉내를 낸다)

윤정 밥이라면서?

선재 그거나 그거나. 어차피 밥 먹으면 소주 먹는 거고, 소주 먹으면 밥 먹는 거고. 그리고 겸사겸사 다른 것도 먹고.

윤정 안 돼. 나 요즘 작업 거의 못 했단 말이야.

선재 안 되는데. 난 너 없으면 안 돼…

윤정 뭐?

선재 나 어제 장어 먹었단 말이야. 꼬리까지 다 먹었어. 기대하시라.

윤정 하. 진짜 천박하긴.

선재 에이. 그러지 말고. 얼른 먹자. 술도 회도 이미 준비해 놨어.

선재가 윤정의 손을 이끌고 옆의 식탁으로 간다. 윤정, 못 이기는 척 끌려간다. 선재, 곧바로 소주와 회를 먹기 시작한다. 윤정은 멀뚱멀뚱 바라보고만 있다.

선재 크으. 회 때깔 봐. 너무 좋다. 그치?

윤정 니가 회를 샀다는 게 믿기지 않는다.

선재 돈이 생길 일이 있었거든. 하하. 그래서 이 일대에서 제일 유명한 맛집에서 회를 사왔지.

윤정 돈 생길 일… 불법적인 일한 건 아니지?

선재 항상 그런 건 아니라고. 그리고 돈 벌어서 맛있는 거 사주면 고마워해 줄 수 있지 않아? 냉정하네, 너.

윤정 이제 알았니? 맛집에서 사온 거라고? 별로 대단해 보이진 않는데. 회야 어디서 사든 맛있는 거고.

선재 하하하. 초 친다고 뭐라고 하고 싶긴 한데, 그렇긴 해. 원래 회는 초장 맛으로 먹는 거니까. 초장만 듬뿍 묻히면 광어나 다금바리나 거기서 거기인 거거든.

윤정 너 다금바리 먹어봤어?

선재 응. 예전에 횟집 수족관에 있는 거 훔쳐서 회쳐 먹어

봤어.

윤정 너 진짜 최악이다.

선재 그런 나랑 어울려주는 너는?

윤정 …

선재 야. 오늘따라 왜 그렇게 죽상을 하고 있는 거야? 인생

별거 없어. 음악으로 성공 못 하면 어때. 그냥 퇴근하

고 소주나 먹으면서 살자. 시원찮지만 내가 그 정도는

해줄게. 괴로우면 포기하면 돼… 우리 같은 사람들한

테는 그게 맞아.

윤정 그래. 그럴지도 모르지.

윤정 오늘은 술만 마시고 집에 갈 거야.

선재 야. 그럴 거면 내가 널 왜 부르냐? 비싸게 굴지 마, 윤정

아. 회 맛 떨어진다. 나 어제 장어 꼬리도 먹었다니까?

윤정 우리 이제 그만 보자. 사귀는 사이도 아니잖아.

사이.

선재 그래. 그만 보고 싶으면 그만 봐. 대신 오늘은 나랑 어

울려줘.

윤정 뭐?

선재 장어빨 받고 있는데 헤어질 때 헤어지더라도 너랑 한

번 더 자야겠어.

윤정 이 상황에서도 넌 그런 생각이 드는 거야? 넌… 아무 렇지도 않아?

선재 뭐, 너랑 나랑 얼마나 대단한 인연이었다고. 그냥 하룻 밤 인연으로 끝났을 사이였던 게 구질구질하게 이어 진 거지. 하하하.

윤정 넌 어떻게 항상 웃을 수가 있어?

선재 그냥. 남들이 하는 말처럼 생각 없는 놈인 거지. 그런 데, 내가 생각은 없어도 어떻게 해야 행복할 수 있는지 는 알고 있거든?

선재가 광어회에 초장을 듬뿍 찍는다.

선재 회에는 꼭 초장을 듬뿍 찍는다. 이게 내 행복비결이야. 자 마지막 잔. 건배하자고.

선재, 윤정 건배.

선재 꼭 기억해. 아무리 유명한 가수가 되더라도 초장을 많 이 찍지 않으면 행복할 수 없어. 정말이야…

윤정과 선재가 함께 술을 마시고 잠시 침묵이 흐른다. 식탁을 정리하고 선재가 침대에 눕는다.

선재 　하하. 너는 왜 이렇게 애가 우울하냐. 나 떨쳐버리려고
　　　했던 거 아냐? 마지막까지 그렇게 우울한 표정만 보여
　　　줄 거야?
윤정 　어?
선재 　웃어보라는 말이야. 하하. 하하하!

윤정이 조그맣게 웃고 있는 중에, 선재가 침대에서 일어나 윤
정을 껴안는다.

선재 　야. 너 이제 가라.
윤정 　뭐?
선재 　가라고.
윤정 　… 오늘까지만 어울려 달라더니.
선재 　너 진짜 바보냐? 나, 들었어. 전 남자친구랑 다시 잘 해
　　　볼 생각이라며… 후회할 짓은 이미 충분히 했잖아. 이
　　　젠 그만해야지.
윤정 　그… 그렇지? 고마워.
선재 　별말씀을. 이제 꺼져. 너도 날 버리고 가버려.
윤정 　… 잘 지내. 안녕.

윤정, 퇴장.

선재   그래. 얼른 가. 하하. 아, 후련하다. 염병.

암전.

8장

조명이 들어오고, 무대 중앙에는 테이블이 있고 의자가 두 개 놓여있다. 윤정은 중앙의 의자에 앉아있다.

선재는 테이블 뒤편에 숨어서 윤정을 지켜보고 있다.

규민과 연희, 인사한다. 심호흡을 하는 규민의 등을 연희가 토닥여주다. 모두가 정지한다.

연희   난 나를 싫어해요. 나를 똑바로 바라보고 싶지 않아요. 쉽게 심한 말을 하고, 술김에 실수하고. 섣부른 판단을 하고 남 탓을 하고 자기합리화 하죠. 못난 내 모습을 보는 게 무서워요. 나만 그런 건 아니죠? 누구도 완벽한 사람은 없잖아요. 그럼 된 거라고 생각해요. 당신도 그렇게 생각해주세요. 나는 나를 미워해도 당신은 나를 미워하지 마. 제발요. (사이) 난 미움 받지 않기 위해 최소한의 책임감을 가져요. 오늘도 내 실수를 수습하기 위해 바보들에게 만남의 기회를 주죠.

무대 뒤편에서 지켜보던 선재, 혼자 움직여서 윤정의 맞은편에 앉는다.

선재 인생에서 제일 중요한 건 행복이에요. 행복은 곧 쾌락이죠. 쾌락은 어렵지 않아요. 미래를 버리면 쉽게 얻을 수 있어요. 술. 여자. 담배. 그리고… 초장. 되는 대로 살다가 죽자. 열심히 살아도 한순간에 죽는 게 인생인 걸. 하지만 난 취직을 해버렸어요. 회도 샀어요. 잠깐이지만 미래를 바라봤죠. 뭐. 정말 잠깐이었지만요. 연희가 말해주더군요. 윤정이가 전 남자친구를 만나러 가는 게 오늘이라고요. 버림받았다는 걸 알고 나니 안도감이 들었어요. 모든 것이 제자리로 돌아간 느낌. 그 어느 곳에도 진심을 주지 않고 껍질 속으로 숨어요. 엉망으로 살아요. 난… 지금 행복해요. 진짜예요. 행복하다고요. 그런데 왜 난 여기에 온 걸까요?

선재는 다시 무대 뒤쪽으로 가 모습을 숨긴 채 테이블을 훔쳐보는 모습으로 정지한다. 규민은 윤정에게 다가가다, 정지한다.

규민 젊어서 고생은 사서도 한다는 말. 저는 정말 싫어했어요. 대체 누가 그런 짓을 하겠어요. 어른들이 젊은이들 부려먹으려고 만든 말일 뿐이죠. 그런데, 어느 날 정신을 차려보니 제가 그러고 있더라고요. 사서 고생. 내가 사랑하는 사람과 결혼해서 알콩달콩 사는 게 제 꿈이었어요. 그 꿈을 이루려고 열심히 뛰어갔을 뿐인데, 이룰 수 없는 목표를 향해 달려가고 있다는 불안감만 가득해요. 나는 왜 외도를 용서하는 걸까요? 잘 모르겠어요. 하지만 난 오늘 윤정이를 다시 만나러 갑니다. (활짝 웃는다) 미친 것 같지만 두근거려요. 이 감정을 믿을래요.

윤정과 규민, 눈이 마주치고 윤정이 천천히 자리에서 일어난다.

윤정 인생은 파도 같군요. 휩쓸리지 않으려고 열심히 손을 휘저어 봐도 우린 알 수 없는 곳으로 휩쓸리고 말아요. 내가 꿨던 꿈, 노력은 모두 허상일까요? 누군가는 목표를 향해 우직하게 노력해서 꿈을 이루기도 하죠. 누군가는 여러 가지 도전을 통해 무언가를 쟁취하기도 해요. 하지만 그 모든 걸 결정짓는 것은 우리가 어떤 파도를 만났느냐죠. 다시 꿈을 이루기 위해 규민이를 이용하는 게 옳은 일일까요? 나는 지금 음악을 하고 싶어서 규민이를 만나는 걸까요, 아니면 규민이를 만나고 싶어서 음악을 핑계로 대는 걸까요? (사이) 다음 파도가 오네요. 팔을 열심히 휘저어 볼게요.

서서히 암전.

극이 마무리된다.

엄마가 결혼한다

조대흠
멘토 안희철

등장인물

송영하(21) : 미진의 아들
곽정구(45) : 영하의 친아버지
유재필(43) : 영하의 새아버지
송수진(38) : 미진의 동생, 영하의 이모

시간

2017년 어느 봄날

장소

미진의 결혼식장

무대

양쪽으로 밖과 통하는 통로가 있고, 무대는 대도구들과 장
소별 표식들을 통해 예식장 곳곳의 장소가 된다.

1장

사람들이 북적이는 소리가 들리는 예식장의 비상계단
무대 위 비상구 표시가 빛난다.

한복을 입은 수진의 손에 군복 차림의 영하가 끌려온다.
수진, 주변에 사람이 없는지 다시 한번 확인한다.

수진 영하 니가 여기 왜 있냐.

영하 결혼이잖아요, 오늘.

수진 군대에 있을 애가 여길 어떻게 왔냐고

영하 엄마가 결혼한다니까 놀라서 보내주던데요?

수진 송영하! (사이) 돌아가.

영하 이모!

수진 그래. 나, 니 이모다. 저 안에 오늘 결혼할 사람이 니
엄마고. 여기에 엄마 삼촌들, 새아버지 친인척, 동네
사람들까지 다 모였는데 어쩌자고⋯ 대체 무슨 생각
으로 왔어.

영하 축하 정도는 할 수 있잖아요.

수진 전화 놔뒀다가 어디 쓰는데. 혹시나 삼촌들이 너보고 언니 아들이라고 하는 거 누가 듣기라도 하면? 결혼식 그대로 초상집 돼. 넌 군대에 갔단 애가 아직도 철이 없니.

영하 …

수진 너도 이제껏 힘들었겠지. 이모도 알아. 근데 영하야. 언니도 엄마이기 전에 송미진이란 여자잖아. 언제까지 언니 혼자 반찬가게 꾸리면서 너 키워야 하니. 다른 사람들처럼 남편한테 사랑받고 행복하게, 그렇게 평범하게 살면 안 되겠어? (사이) 새아버지 착하고 좋은 사람이더라. 더 말 안 해도 무슨 말인지 알아들었다고 생각하마.

수진, 영하의 손에 만 원 몇 장을 쥐여 준다.

수진 영하 넌 오늘 여기 안 온 거다. 군대에 있는 거야. 조심히 들어가고.

한복 치맛자락을 쥐고 계단을 나서는 수진.
영하, 손에 쥔 지폐를 만지작거린다.

영하 … 있으면 안 되는 곳… 안 되는 사람…

영하, 멍하니 비상구 표시를 응시한다.

수진이 사라진 곳에서 턱시도 차림의 재필이 들어온다.

재필　저기… 영하 맞지?

재필의 말에 천천히 돌아보는 영하.

대답 없이 재필을 쳐다본다.

재필　저번 휴가 때 한 번 봤었는데. 기억하니?

영하　… 네.

재필　(안도하며) 기억하는구나. 오랜만이다.

재필, 손을 내미는데 영하는 손을 잡지 않고 목만 끄덕인다.

영하　안녕하세요.

재필　(손을 거두며) 오늘 악수를 계속했더니 이러네. 처제랑

　　　　같이 있는 거 같아서 보고 따라왔는데 혼자야?

영하　먼저 가셨어요.

재필　그래? 처제도 하객들 때문에 정신없나 보다. 전역한

　　　　거야? 좀 남았다 그랬던 거 같은데.

영하　3개월 남았습니다.

재필　난 또 내가 깜박했나 했어. 휴가 받아서 온 거야?

영하 　외출 받았습니다.

재필 　그렇구나. 저번에 봤을 때보다 더 멋있어졌다. 군대는
　　　어때? 재밌고?

영하 　뭐…

재필 　군대가 재밌으면 군대가 아니지. 그래도 외출 그런 것
　　　도 있고 좋아졌네. 아저씨 때는 매일 화장실로 집합시
　　　켜서 빠따 때리고 그랬는데. 요즘도 그러…

영하 　(끊으며) 가보겠습니다.

재필 　대기실 가려고? 미진 씨 되게 놀라겠다. 영하도 알겠
　　　지만 미진 씨 잘 울잖아. 화장 지워지면 난리 날 텐데.

영하 　복귀할 겁니다.

재필 　어?

영하 　안녕히 계세요.

영하, 꾸벅 인사하고 나가려 하는데 재필이 부른다.

재필 　내가 많이 불편하니?

영하 　(멈춰 선다)

재필 　많이 놀랐을 거 알아. 갑자기 나타나서 엄마랑 결혼한
　　　댔으니 받아들이는 데 시간이 필요하겠지. 지금은 몇
　　　번 못 보기도 했고 좀 어색하고 그래도 앞으로 계속
　　　봐야 하잖아. 아버… 아니 아저씬, 영하랑 잘 지내고

싶다. 우리 이제 가족이니까…

영하　(끊으며) 엄마 남편이니까 말씀하신 거처럼 잘 지낼게요. 굳이 애 안 쓰셔도 됩니다. 다른 사람들 앞에선 이모부라고 불러야 하겠지만.

재필　영하야…

영하　내가 조카가 아니라 아들인 거, 엄마한테 아저씨… 새아버지가 두 번째 남편인 거 어디 얘기하기 곤란하잖아요. 저도 저 때문에 들키는 건 싫습니다. 엄마한텐 따로 연락드릴게요, 그럼.

재필　사람들 때문이면 식 끝나고 옷 갈아입을 때, 그때라도 잠깐 보고 가는 건 어때? 엄마한테 특별한 날이잖아. 아들이 직접 와줬다는 거만큼 큰 선물은 없을 거 같은데. 오늘은 엄마만 생각하는 게 어때, 응?

재필의 휴대폰이 울린다.

재필　(전화 받으며) 어, 그래. 바로 갈게. (전화를 끊고 영하에게) 다들 찾네. 엄마 얼굴 보고 갈 거지?

영하　…

재필　식 끝나면 여기로 전화할게.

재필, 자신의 휴대폰을 영하의 손에 쥐여 준다.

재필   휴대폰 들고 어디 가면 안 된다? 이따 보자.

서둘러 비상계단을 나가는 재필.

영하, 휴대폰과 지폐를 쥔 양손을 빤히 본다.

암전.

2장.

남자 화장실 앞.

남자 화장실 표지가 무대에 보인다.

화장실에서 나오는 정구. 풀어헤친 정장 차림이다.

물기 묻은 손을 옷에 털어내던 정구, 담배를 꺼내는데 빈 곽
이다.

정구   아… 씨발.

화장실 앞으로 걸어오는 영하, 정구와 눈이 마주친다.

정구, 영하의 군복 명찰을 응시한다.

영하, 정구를 피해 지나가는데 정구가 일부러 어깨를 부딪친다.

영하   죄송합니다.

지나쳐 가려는 영하. 뒤에서 정구가 부른다.

정구 어이. (영하가 듣지 않자) 야, 군바리!

영하, 돌아본다.

정구 담배 있음 하나 줘라.

영하 …

정구 귀먹었나? 담배 있음 하나 달라고.

영하 저요?

정구 여기 군바리가 너 말고 누가 있나. 나중에 하나 사줄 게. 줘 봐.

영하 안 핍니다.

정구 까고 있네. 뒤져서 나오면 뒤진다.

정구, 영하의 주머니를 뒤진다. 이를 뿌리치는 영하.

영하 뭐 하는 겁니까!

정구 진짜 없네, 이 새끼.

영하, 인상을 찌푸린 채 정구를 처다본다.

정구 뭐? 꼬나보면 어쩔 건데? 꼬우면 처. 다들 보소. 여기 군바리가 민간인 때린답니다. (영하에게) 뭘 보고만 있는데 치라니까?

영하   아… 씨발.

영하, 정구를 무시하고 지나간다.

정구   송미진 그 여자 식장이 어딘지 아나?

엄마의 이름에 영하, 멈춰 선다.

정구   모르면 말고. (들으라는 듯) 사람 더럽게 많네. 주말이면
　　　　　발 닦고 잠이나 쳐 자지, 밥 처먹고 결혼만 하나. 좀만
　　　　　있어 봐. 이것들 죽이니 살리니 하면서 법원 찾아갈 거
　　　　　뻔하다.

영하   뭡니까?

정구   나? 사람

영하   당신 나 알아?

정구   (몰랐다는 듯) 송미진이랑 둘이 아는 사인가?

영하   똑바로 말해.

정구   아까부터 말이 짧네? 처음 본 사이에 친구 먹나?

영하   엄마… 남잡니까?

정구   뭐? (박장대소하며) 이야, 송미진 헛살았네. 새살림 차리
　　　　　는 날에 딴 남자를 찾네. 나 말고 누구 또 찾아왔나?

정구의 멱살을 잡는 영하.

영하   (끊으며) 당신 뭐냐고!
정구   나? 진짜 모르겠나?

영하, 눈동자가 떨린다.

영하   당신…
정구   사람. 사람이잖아.

웃는 표정의 정구와 인상 찌푸린 영하.
"신랑 유재필 님과 신부 송미진 님의 식이 곧 시작하오니, 하객 여러분들께서는 착석해주십시오." 사회자의 목소리가 들린다.

정구   안 가?
영하   씨발.
정구   안 들어갈 거면… (웃으며) 담배 있나?

영하, 당황한다.
암전.

암전된 무대 위로 결혼식장의 소리가 들린다.

사회자 "신부 입장"을 외치자, 행진곡이 나온다.

3장

〈관계자 외 출입 금지〉가 붙어있는 옥상.

정구, 난간에 기대 있다.

옥상으로 들어오는 영하, 들고 온 검은 봉지를 정구의 발밑에 던진다.

정구, 바닥의 검은 봉지를 발로 툭툭 찬다.

정구 슈퍼 다 털어왔나?

정구, 봉지를 주워 뒤적인다.

정구 미친놈. 88로 한 무대기를 샀네. 멘솔로 사라니까.
영하 싫으면 마시고.
정구 담배 하나 가지고 가오잡긴. (담배 한 개비를 꺼내며) 요새 군바린 돈이 썩어나나.
영하 필요 없는 돈이 생겨서.
정구 돈이 왜 필요 없어. 있는 놈들이 죽어도 싸 들고 가려는 게 돈인데. 송미진이 이거 딱 보니까 오냐오냐 키웠

구만.

영하 엄마 아니에요.

정구 뭐?

영하 나 엄마 없다고요. 내 이모예요. 송미진.

정구 웃기고 있네. 니 나이가 몇 갠데 개 동생 자식이야. 송
수진이가 고등학교 사고 쳤다던?

영하 진짜 뭡니까? 왜 우리 가족 다 아는 것처럼 말하는데요.

정구 이 새끼 머리 딸리네. 아까 말했잖아 사람이라고.

영하 장난합니까?

정구 (과장되게) 아이고 무서워라. 잘하면 민간인 치겠다?

영하, 정구를 무시하고 비닐봉지에서 담배를 꺼낸다.

담배 한 개비를 무는데 라이터가 없다.

정구, 옆에서 라이터를 흔든다.

정구 안 핀다더니 내숭은.

정구의 손에서 라이터를 낚아채는 영하.

담배에 불을 붙이려다 붙이지 않고, 담배를 버린다.

정구 새끼가? 안 필 거면 꺼내질 말던가 장초를 버려? 하여
간에 요즘 것들은 담배 귀한 줄 몰라요.

영하 … 결혼식도 얘기하는 사입니까?

정구 아니.

영하 그럼 무슨 사입니까?

정구 애새끼는 몰라도 됩니다.

영하 어떤 사이냐고요.

정구 어릴 때 동네 오빠 그런 겁니다.

영하 어릴 때 동네 오빠가 왜 왔습니까?

정구 결혼식에 육개장이나 먹으러 오는 거지 뭐. 삼 층이 식당인가.

영하 엄마도 여기 온 거 압니까?

정구 알면 못 왔지.

영하 뭐 하러 왔습니까? 손잡고 끌고 나오기라도 하려고 했습니까?

정구 미친놈이 지 엄마 결혼식에 깽판 치길 바라나.

영하 그럼 왜 안 들어갑니까? 식 시작한 거 알면서.

정구 새끼, 지는?

영하 … 있으면 안 되는 사람이라서.

정구 뭐?

영하 우리 엄만 아들 같은 거 없는 첫 번째 결혼식이니까. 착한 남자랑 결혼해서 행복해야 하는데 거기엔 내가 없어야 하거든요. (손목시계를 보며) 내가 나서면 모든 게 망치니까 5분 더 숨는 거고.

정구	병신. 니 엄마 나이에 처음은 웃기지 않나? 지 엄마나 애새끼나 내숭 떠는 건 똑같네.
영하	엄마 예전에 어땠어요?

정구, 영하를 쳐다본다.

영하	나 낳았다던 스무 살 때 사진을 하나도 못 봐서. 이모한테 물어도 나는 알 필요가 없다네. 그럼 더 궁금하잖아요, 내 엄만데. 동네 오빠였다니까 알 거 같아서… 예뻤어요?
정구	예쁘긴.
영하	예쁘지도 않은데 연락도 안 하던 동네 오빠가 여기 왜 왔어요?
정구	…
영하	진짜 이유가 뭐예요?

영하의 바지에서 벨소리가 들린다.

정구	군바리가 폰은.

영하, 군복 바지에서 휴대폰을 꺼낸다.
액정을 쳐다보던 영하. 옆의 정구를 쳐다본다.

영하   가볼래요?

정구   뭠 마?

영하   궁금하지 않아요? 지금 엄마 모습.

서로를 쳐다보는 영하와 정구.

암전.

4장

중앙에 빈 의자가 하나 놓여있는 신부대기실.

재필, 혼자서 영하를 기다리고 있다. 대기실로 들어오는 영하.

재필　(반갑게) 영하 왔구나.

영하　아무도 없네요.

재필　우리가 식장 마지막 타임이었거든. 다 식당에 있을
　　　　거야.

영하　(휴대폰을 건네며) 이거.

재필　그래, 고맙다. 미진 씨, 옷 갈아입으러 갔어. 금방 나올
　　　　거야.

영하　이모는요?

재필　끝나고도 하객들 챙긴다고 정신없지 뭐.

대기실로 들어오는 정구. 재필, 정구를 발견한다.

재필　… 누구?

영하　어머니 쪽 지인이세요. 인사하고 가시겠대요.

재필 (악수를 청하며) 늦게 오셨나 봐요. 식 보셨으면 좋았을 텐데.

정구 (맞잡지 않고) 축의금 못 받아서 아까운 건 아니고?

재필 그럴 리가요. 식사하고 가세요. (식권을 꺼내주며) 영하야, 인사하고 같이 밥 먹고 가.

정구 둘이 친하네?

재필 가족인데 친하죠.

정구 애 입으론 그쪽 신부는 아들 없다던데? 그쪽은 누구랑 피가 섞여서 가족이야?

재필 영하가 그런 얘길 해요?

영하 다 아세요.

재필 영하야, 혹시 친척분이니?

영하 어렸을 때 같은 동네에서 사셨대요.

수진 (밖에서) 누가요?

대기실로 들어오는 수진, 영하를 보고 얼굴이 굳는다.

수진 영하, 너.

재필 처제는 아까 영하 봤지?

수진 네. (영하에게) 바쁘다더니. 아직 안 갔구나?

영하 …

재필 내가 얼굴이라도 보고 가라고 잡았어.

수진	그랬구나. 나한테 말이라도 하지.
영하	바빠 보이서서요.
수진	식장 안에도 들어왔었니?
재필	미진 씨 지인분이랑 방금 왔어. 그렇지?
영하	네.
수진	어머, 누가…

수진, 영하 뒤에 서 있는 정구의 얼굴을 확인하고 놀란다.
이를 영하가 지켜본다.

정구	(능글맞게) 오랜만?
수진	여긴 어떻게…
재필	처제도 아는 분이구나?
수진	네… 살다 보니 다시 보게 되네요.
정구	얼굴 보니까 잘 살았던 거 같네.
수진	… 그대로네요. 정말.
정구	사람 빨리 변하면 죽는다.
수진	여기 왜 있어요?
영하	인사하러 오셨대요.
정구	안 반가운가 봐?
수진	(재필의 눈치를 보며) 그럴 리가… 너무 오랜만이라 그렇죠. (정구의 팔을 끌며) 나랑 나가서 얘기나 해요.

정구	얘기?
수진	여태까지 어떻게 살아왔는지도 좀 듣고.
정구	여기서 해.
수진	커피라도 한잔하고 그래요.
정구	커피는 무슨. 밥도 못 먹었는데.
수진	그럼 내려가서 밥 먹을까요?
재필	뭐가 이렇게 급해.
수진	늦었는데 밥도 안 먹었다니까 걱정돼서 그러죠.
정구	됐다.

재필의 휴대폰이 울린다.

재필	어, 잠시만. 나 전화 좀 받고 올게. (나가며) 여보세요.

수진, 잡고 있던 정구의 팔을 쳐낸다.

수진	이게 뭐 하는 짓이에요. 당장 못 나가요?
정구	이렇게 반겨줄지는 몰랐네. 이래서 다들 고향 친구를 찾나. (영하에게) 안 그렇나?
수진	영하한테…! 애한테 무슨 짓…
정구	길 물어봤다. 얘가 어딜 봐서 애인지.
영하	(피식 웃는다)

수진	말장난할 시간 없어요. 안 나가요?!
정구	성격 많이 바뀌었네, 아줌마 다 됐다.
수진	여기가 어디라고 뻔뻔하게 낯짝을 들이밀어요? 염치라고는 없어요?
정구	계속 그러지 마. 얘, 궁금해 한다.
수진	(영하에게) 송영하. 넌 간다더니 왜 아직까지 있는 거야.
영하	제가 간다고 한 적 있어요?
수진	뭐?
영하	얼굴은 보고 가라고 휴대폰 맡기면서 저 잡았어요. 새 아버지가.
정구	(영하를 쳐다본다)
수진	있으란다고 있니? 아까 다 얘기했는데
영하	여긴 사람들 없잖아요.
정구	너무 그러지 마. 니 애 울겠다.
수진	(당황하며) 누가 내 애라는 거예요?
정구	오늘이 이모 결혼식이면 니 애 맞지.
수진	(영하에게) 저 사람한테 무슨 얘기한 거니.
영하	동네에서 같이 컸다는데 거짓말해서 뭐해요.
정구	그렇지. 송씨 딸은 송미진, 송수진 두 명밖에 없지.
수진	이봐요! 곽정구 씨!
정구	내 이름 기억하네?
수진	지금 장난해요? (영하를 보고 말을 멈춘다) 됐어요. 언니

오기 전에 다들 나가요.

영하 얼굴 보고 갈게요.

수진 송영하!

영하 이모는 왜 항상 이모 마음대로 해요? 엄마는 가만히 있는데 이모가 왜 항상 먼저 나서요. 오늘은 엄마랑 내 문제에요. 이모.

정구 군바리. 말 잘한다.

수진 좀 다물어요. (영하에게) 그래. 엄마 얼굴 보고 싶어서 남은 거 좋다 이거야. 근데 저 인간은 아니지!

영하 왜요? 왜 저 사람은 아닌데요?

수진 너 진짜…!

영하 내 아버지라도 돼요?

순간 조용해지는 대기실. 수진, 놀란 눈으로 영하를 쳐다본다. 정구, 미소를 지우고 영하를 바라본다. 재필, 들어온다.

재필 (영하와 수진을 보며) 둘이 싸웠어? 손님 계시는데 처제가 좀 참지. 영하가 뭐 말 안 들은 거 있어?

영하 그러게요. 제가 말을 안 들었네요.

재필 그럼 안 되지. 어서 잘못했다 그래.

영하 오늘 여러 번 죄송합니다, 이모.

재필 처제도 애한테 너무 그러지 말고 어른이.

영하   저 애 아니에요.

재필   그래, 군인인데 이제 다 컸지.

영하   부모 필요할 나이 아니라고요. 내가 뭘 하든 어떻게 살든 다 내가 선택해요. 누가 나서서 개입하고 명령하고 그럴 때 지났다고요.

재필   영하야… 무슨 일 있어?

영하   무슨 일… 있죠. 엄마가 결혼하는데… 무슨 일이 없을 수가 없잖아요. … 근데도 괜찮았거든요? 진짜 다 괜찮았는데…

정구를 쳐다보는 영하.

영하   왜… 왔어요?

수진   송영하. 너 그만해. 일단 나가

영하를 끌고 나가려는 수진. 영하, 이를 뿌리친다.

영하   알고 싶었거든요. 난 왜 엄마를 두고도 엄마라고 못 부르게 됐을까. 아버지는 왜 없을까. 가끔 아버지가 누군지 생각하는 거 보면 보고 싶어 하는 걸까, 싫어하는 걸까. 생각하고 또 해봐도 모르겠어서 혹시라도 만나면 한 번은 물어보고 싶었어요.

정구를 쳐다보는 영하.

영하   왜⋯ 나 버렸어요? 아버지.

정구, 영하를 바라본다.
암전.

5장

〈관계자 외 출입 금지〉가 붙어있는 옥상.

영하, 난간에 기대 담배를 피우고 있다.

옥상으로 들어오는 정구, 영하와 조금 떨어진 옆에 선다.

정구   새끼. 내숭이었네.

영하   왜 왔어요?

정구   (비닐봉지를 툭 차며) 두고 가서.

영하   그거 물어본 거 아닌데.

영하, 다시 정면을 보며 담배를 피운다.

정구, 가만히 서 있다 본인도 난간에 기대 담뱃불을 붙인다.

정구   싸가지 하곤.

영하   그 피 어디 가겠어요.

정구   혹시 모르지.

영하, 담배를 끄고 나가려 한다.

정구 내가 너 땐 뭐라도 될 줄 알았거든?

영하, 멈춰 선다.

정구 주먹 좀 쓰니까 다들 내 밑에서 벌벌 기는데 그게 재 밌었지, 우스웠고. 나보고 형님, 형님 하는 애들도 생 기고 위에서는 나를 믿는다네? 씨발, 부모도 날 안 믿 는데 그땐 어려서 그랬는지 좋다고 기었지. 병신같이 이용하겠단 소린 줄도 모르고.

영하 남의 인생 관심 없습니다.

정구 근데 그런 더러운 인생엔 꼭 여자가 하나씩 꼬여. 영화 에만 있을 줄 알았는데 현실에도 있더라고. 그다음엔 어떻게 되는지 아나? 남자는 아무 문제없다. 원래 그 렇게 사니까. 근데 여자 인생은 달라지지. 이건 뭐, 길 가다 개똥 밟는 게 아니라 똥통에 빠지는 거거든. 아, 망했다 싶어서 빠져나오려고 해도 한 번 오른 똥독은 낫질 않아요.

영하 그게 우리 엄마라고요?

정구 전쟁 북새통에도 애가 생기는데 그 나이에 남자랑 여 자랑 둘이 당연하지. 그때 떼자니까 낳겠다고 고집부 리더니.

영하 그래서 나 밴 엄마 두고 도망쳤어요?

정구 내가 도망친 건지, 니 엄마가 숨은 건지.

영하 나 화려하게 태어났네.

영하, 새 담배를 꺼낸다.

영하 고딩 때 엄마한테 담배 피우는 걸 걸렸어요. 그 나이 때 남자애들 한 번쯤 가지는 호기심이었는데 태어나서 엄마한테 맞아보긴 처음이었죠. 그날 밤에 엄만 술을 마셨고, 난 방문 너머로 취한 엄마 목소리를 계속 들었어요. 나한테 손댄 게 미안해서 그런가 싶었는데 담배 얘기만 하더라고요. 내가 담배를 들고 있으니까 누가 생각났대요. 그때부터 끊기로 다짐했는데 지금 또 손에 들려 있네. (담배를 보며) 처음부터 손대지 말 걸, 알려고 하지 말걸. … 낳지 말고 지웠으면 됐을 텐데. 그랬으면 매일 반찬 냄새 대신에 샴푸 냄새, 향수 냄새나게 살고, 결혼식도 젊고 예뻤을 때 했을 거고, 혼자 밤에 술 안 마셔도 됐을 거고, 구질구질한 인생 좀 편하게 살았을 건데 왜 하필 (정구를 보며) 날 선택해서.

정구 인생 한번 잡으면 후진 없지.

영하 후회해요?

정구 인생 전체가 후회지. 그땐 내가 선택한 게 최선인 줄 알았는데 지나고 보니까 다른 게 더 좋아 보여서 욕

나오지. 돈 좀 찔러준다고 아는 형 따라다니지 말걸. 주먹 좀 쓴다고 나대지도 말걸. 그럼 생긴 대로 공장 다니면서 고향에서 살았을 텐데. 지금이랑 좀 다르게 살았을 텐데. 왜 하필 (영하를 보며) 날 선택해서.

영하 잘 좀 살지.

정구 동아줄도 잡다 보면 삭아서 끊어지는데 누가 병신같이 계속 잡고 있는데. 더 좋은 게 보이면 먼저 잡아채야지.

영하 그래서 지금 이 꼴이에요?

정구 나 같은 새끼한테 뭘 바란다고.

정구, 버려진 담배를 발로 비빈다.

정구 맛없다, 이래서 같이 피면 안 돼요.

영하, 불이 꺼진 담배를 응시한다.

영하 그 후회 중에 엄마 만난 것도 있어요?

정구 영화 보면 꼭 남자 새끼들이 첫 여자 못 잊더라. 현실은 안 그런데.

영하 나 태어나고 본 적 있어요?

정구 선생이야? 뭘 자꾸 묻는데.

영하 오늘 아니면 기회 없을 거 같아서.

정구 …

영하 시비 걸었을 때도 나인 거 알고 그런 거 아니에요?

정구 이름은… 들었으니까.

영하 (자기 가슴팍을 보며) 명찰 때문에.

정구 본 적도 없는 앨 내가 어떻게 아는데.

영하 나는 그냥 알겠던데. 피가 끌려서 그런가.

정구 지랄.

영하 직접 보니까 어때요? 아직도 다른 놈 애 같나?

정구 남자 새끼가 쫑알쫑알

영하 부탁 하나 해도 돼요? 아버지라고 안 할 테니까 아까처럼 부정은 안 했으면 좋겠어서. 모르는 사람한테 헌혈했다 생각하면 안 되나.

정구 두 번만 피 뽑았다간 죽겠네.

영하 안 닮았잖아요. 이름 없음 길가다 마주쳐도 모를 정도로. 그러니까 하는 말이에요.

정구, 담배를 밟아 끄고 문으로 걸어간다.

영하 (보지 않은 채) 왜 왔어요?

정구 (멈춰 선다)

영하 두 번이나 물었는데 답은 못 들은 거 같아서.

정구　… 말했다. 밥 먹으려고 왔다고.

영하　몇 층인진 알아요?

정구　내려가다 보면 있겠지.

영하　식권은 있고?

정구　…

영하　비겁하네.

영하, 주머니에서 식권을 꺼내 정구에게 내민다.

영하　없으면 못 들어가요. 한 끼도 못 먹었다면서.

정구, 영하가 내민 식권을 잡는다.

영하　아까 왜 먼저 나갔어요? 결국 엄마 못 봤잖아요.

정구　뭐 반가운 얼굴이라고.

영하　언제 또 이렇게 뜬금없이 볼 수 있나?

정구　…

영하　아니면 내가 가도 되나?

정구　나중에 뒤지면 국수 먹을 때나 오던가.

영하가 무슨 말을 더하려고 하자 정구, 문에 붙은 〈관계자 외
출입 금지〉를 가리킨다.

정구   그만 간다.

영하   고마워요. 결혼식 … 와줘서.

정구   누가 들음 지 결혼식인 줄 알겠네.

정구, 옥상을 나가다 멈춰서 뒤돌아본다.

정구   고맙다, 담배.

옥상을 나가는 정구. 영하, 혼자 남아있다.

영하   … 있으면 안 되는 곳… 안 되는 사람…

영하, 담배를 바닥에 던지려다 난간 위에 둔다.
피어오르는 연기 너머 노을을 바라보는 영하.

영하   결혼 축하해요, 엄마.

노을이 묻어나는 영하의 얼굴 위로 천천히 암전.

막.

대명공연예술센터 기획 대본쓰기 프로그램

대명동엔 작가가 산다 -세 번째 이야기

초판 1쇄 인쇄일   2022년 4월 25일
초판 1쇄 발행일   2022년 5월 2일

지 은 이   (작품수록순) 류지윤 · 신지은 · 안상욱 · 이창화 · 조대흠
멘   토   김성희 · 안희철 · 전호성
편집인   대명공연예술센터장 이동수
기획교정   사무국장 김현규 · 사무간사 이다은 · 기획홍보 이선현
만 든 이   이정옥
만 든 곳   평민사
            서울시 은평구 수색로 340 〈202호〉
            전화 : 02) 375-8571   팩스 : 02) 375-8573
            http://blog.naver.com/pyung1976
            이메일   pyung1976@naver.com
등록번호   25100-2015-000102호
ISBN   978-89-7115-824-1   03810
정   가   12,000원

* 이 책은 대명공연예술센터 · 대구광역시 · 대구광역시 남구 · 대명공연예술단체연합회의
  지원을 받아 제작되었습니다.